헤엄
치는
　중 입
　　니
　　다

헤엄치는 중입니다

1판 1쇄 인쇄 2021년 8월 18일
1판 1쇄 발행 2021년 8월 20일

지은이 김봉어
발행인 이상호
편 집 이연수
발행처 도서출판 혜화동
출판등록 2017년 8월 16일 제2017-000158호
주소 서울특별시 강서구 공항대로 237 (마곡동) 에이스타워마곡 1108호 (07803)
전화 070-8728-7484
팩스 031-624-5386
전자우편 hyehwadong79@naver.com
ISBN 979-11-90049-24-5 03810

헤엄
치는
중 입니다

실패가
습관이 되지
않도록

김붕어 지음

혜화동

실패하는 것도 나쁘지 않네?

얼마 전 아버지와 통화를 하면서 책을 쓰게 되었다고 말씀드리니 이제 막 서른인 애가 무슨 책을 쓰냐고 하시더라고요. 아버지의 장난 섞인 걱정에 "일단 해 보는 거지, 뭐!"라고 자신 있게 이야기하긴 했지만 사실 저도 걱정이 됩니다. 단순히 저의 경험과 느낌을 풀어내는 건 일기장에서도 할 수 있는 일. 그렇다면 '독자가 있는 글을 쓸 때는 어떻게 해야 할까?'라는 생각에 대한 고민을 끝내지 못하고 프롤로그를 쓰고 있는데요. 글을 제대로 써 본 적 없는 제가 이 책을 채워 감에 있어서 분명 말도 안 되는 개똥철학과 TMI가 난무할 것 같지만 그럴 때는 이 책의 장르가 에세이가 아닌, 그냥 웃긴 코미디 책이라고 생각하고 읽어도 괜찮을 것 같습니다.

저는 지난 8년간 공무원 시험 준비를 하며 계속되는 실패와 좌절을 경험했습니다.

이 책에서는 그러한 경험을 통한 자아 성찰, 거기에서 멈추지 않고 한 발 더 나아가기 위해 저 김붕어가 어떻게 헤엄치고 있는지를 담아내려고 합니다.

여러분은 살면서 어떤 실패를 해 보셨나요?

'또 다른 실패를 맞게 되면 어떻게 하나…' 두려워하고 계신가요?

저 또한 계속되는 실패가 무서워 이불 속에 숨어 지낸 날들이 무척이나 길었습니다.

그때의 저와 지금의 저를 비교했을 때 가장 크게 달라진 건 실패를 대하는 태도입니다.

실패에 대해 생각하며 불안에 허덕였던 예전과 달리 '지겹도록 실패해 봤는데 한 번 더 한다고 뭐 달라지겠어?' 하며 이제는 정면으로 부딪치려고 합니다. 더 이상 이불 속으로 숨지 않을 거라고 다짐하면서 말이죠.

때론 지금 이렇게 책을 쓰게 된 것도 그 동안의 실패가 차곡차곡 쌓여 생긴 기회이니 '실패하는 것도 나쁘지 않네?'라는 생각도 듭니다.

아무도, 저 자신도 몰랐습니다. 제가 유튜브 영상을 만들고 책을 쓰게 될 줄은.

이런 기회가 또 온다면 '그래 한 방 맞고 두 발 나간다!'는 마음으로 기꺼이 실패를 받아드릴 수 있을 것 같아요.

그럼에도 불구하고 실패는 뼈아픈 일입니다.

청춘들이라면 아니 앞으로 나아가려고 하는 사람이라면 꼭 겪어야 할 일이죠. 저에게도 여태껏 겪었던 실패보다 더 큰 어려움이 분명히 올 거라고 생각합니다.

맨몸으로 부딪쳤다가는 큰 상처를 입게 될 지도 모르는 실패라는 벽을 어떻게 뚫어야 할까요? 실패에 부딪쳤을 때 이 책이 여러분을 지켜 주는 방패막이자 아픔을 덜어 주는 치료제가 되어 주길 바랍니다.

덤으로 재미든 공감이든 동기 부여든 어떤 것이라도 좋으니 굳이 얹어서 가져가시고요.

이 책을 손에 든 여러분은 치킨 한 마리를 먹을 수 있는 돈을 내고 무엇과도 바꿀 수 없는 소중한 시간을 굳이 내서 보는 것일 테니까요.

저와 다르면서도 같은 길을 걸어가고 있는 친구로서 여러분들의 삶을 응원하는 마음으로 챕터를 시작해 볼게요.

01 노량진

∞∞∞ 세상이 내 맘대로 될 줄 알았다

　고등학생 신분의 마지막 겨울방학을 보내는 동안, 한국 나이로 스무 살이 됐다.

　매년 이맘때쯤엔 자유를 찾아 뛰쳐나온 따끈따끈한 스무 살들로 번화가는 포화 상태고, 그 꽉 찬 번화가에서 자리를 잡지 못해 흘러나온 이들로 동네 술집도 북새통을 이룬다.

　스스로에 대한 책임을 배우기에 앞서 자유에 취하고 싶은 이들을 누가 말릴 수 있을까?

　스무 살이 된 겨울방학 동안 어른들이 달다고 말하는 술이 얼마나 쓴지, 내 몸에 소주를 몇 병 정도 채우면

꽐르… 아니, 인사불성이 되는지에 대한 생체 실험을 했고 그다음 날 조각난 기억을 맞추며 이불 킥도 해 봤다.

PC방에서 밤새 '서든어택'을 하고 충혈된 눈으로 다음 날 레스토랑 아르바이트를 했고, 그렇게 혼자만의 힘으로 50만 원짜리 미니 노트북을 사며 돈의 소중함도 맛봤다.

운전면허를 딴 직후 동생을 기숙사까지 데려다준다며 호기롭게 출발한 아버지의 차가 다시 주차장에 도착했을 땐 꽤나 치명적인 스크래치가 나 있기도 했으며, 때로는 배낭 하나만 메고 기차 여행을 다녀오기도 했다.

그렇게 파란만장한 겨울방학이 끝났다. 누구나처럼 대학 생활의 로망을 품은 채 전보다 훨씬 더 큰 학교의 정문을 밟았다.

하지만 로망과 현실이 공존하는 경우는 매우 드문 일이었다. 잔디밭에 앉아 기타를 치며 하하 호호 떠들기에는 정체 모를 액체(오줌이 아니었길 바란다)와 벌레들이 많았다. 두꺼운 전공서를 한쪽 팔에 끼고 찰랑이는 머리카락을 휘날리며 여유롭게 학교에 가는 대신 아침에 일어나느라 바빠 트레이닝복 차림으로 모자를 눌러쓴 채 허겁지겁 강의실에 들어서는 게 다반사였고.

상상 속 훈훈한 과 선배는 현실엔 거의 없다는 걸 깨달 았을 때쯤, 어느 한 전공 수업 시간이었다.

"10학번 김성은 학생, 여기 있나?"

출석부를 들춰 보던 교수님께서 말씀하셨다.

수업 중 내 이름이 불리는 건 대체로 좋은 일이 아니었 기 때문에 주변의 눈치를 보며 귀 옆에 슬쩍 손을 갖다 댔다.

"자네가 이번 시험 1등 했어. 대단하네, 1학년이."

1학년부터 4학년까지 듣는 수업에서 제일 좋은 성적 을 받았다는 말에 어안이 벙벙했다. 그런 나보다 더 의아 해했던 이들이 있었으니.

"네가? 뭐? 어떻게?"

"분명 같이 먹고 놀았잖아! 배신자 새끼!"

그렇게 수업이 끝난 후 친구들의 구박 섞인 농담을 들 으며 기숙사로 돌아왔다.

그날 밤 침대에 누워 왜 이런 사태가 벌어진 것인지, (친구들과) 내가 느꼈던 그 의문에 대해 생각을 해 봤다.

'첫 수강 신청.'

오후나 야간 수업을 들으면 분명 그전까지는 침대에

붙어 있는 모습이 뻔하게 상상됐기 때문에 착실하게 대학 생활을 하자는 마음으로 수업을 오전으로 밀어 넣었다. 그 후 친해진 친구들은 대부분 오후나 야간 수업이 많았고, 그 친구들의 수업이 끝나야 놀 수 있기에 그사이 시간이 붕 뜨게 됐다.

'중앙 도서관.'

마땅히 갈 데도 없고 기숙사로 들어가면 나오기 싫으니 도서관에 한번 가 볼까 했던 게 그날 배운 것에 대한 복습으로 이어졌다. 법 과목은 생각보다 재밌었다. 내가 배운 내용이 실생활에 적용될 수 있다는 것이 굉장히 큰 매력으로 다가왔다.

'시험공부.'

시험 기간에 넓은 열람실에서 공부에 열중하는 사람들과 혼자만의 유대감을 느끼며, 간혹가다 훈훈한 사람이 지나가는 것을 보면서 약간 설레기도 하며 밤새워 공부했다. 해가 뜰 무렵 새벽 공기를 맡으며 오늘도 불태웠다는 뿌듯한 마음으로 기숙사로 향하는 하루들이 힘들었지만 싫지는 않았다. 무엇보다 수강 신청할 때 내가 그렇게 싫어하던 영어를 빼 버렸기 때문에 더 흥미 있게 공부할 수 있었다.

이렇게 크게 의도하지 않았던 행동들이 연결되어 우리가 흔히 말하는 노력이 됐고, 그 결과는 첫 시험에서 과 2등이라는 내 생애 들어 보지 못할 것 같았던 성적을 받게 된 것이다.

물론 대부분의 학생이 대학의 자유에 빠져 첫 시험을 대충 치른 버프도 있었을 것이다.

자, 지금까지의 서사가 약간의 오르막이었다면 이제 저 보이지 않는 밑바닥 어딘가로 깊이 내려갈 시간이다.

내 자만의 시작은 그때부터였다. 그 한 번의 성적이 계속 지속될 것만 같았다.

이 정도면 공무원 시험도 금방 붙겠는데? 어차피 놀 거 다 놀았고 취업이나 빨리해 볼까 하는 생각에 대학교 1학년을 마친 김붕어는 휴학계와 출사표를 동시에 던졌다. 공무원 시험에 도전하기로 한 것이다.

그렇게 노량진에 첫발을 내디딘 건 스물한 살로 넘어가는 겨울이었다. 새로운 도전을 하게 된다는 설렘과 이곳에서 잘 버틸 수 있을지에 대한 불안을 안고 지하철 안

내 방송에 따라 노량진역에 내렸다.

마침 점심시간이라 학원과 독서실 건물에서는 수많은 수험생들이 폭포수처럼 쏟아져 나오고 있었다. 좁은 인도를 따라 식당으로 향하는 사람들과 섞여 이리저리 고개를 돌리며 학원으로 가는 방향을 찾았다. 다양한 직렬의 학원과 고시원, 형형색색 슬리퍼와 독서대가 전면에 진열된 문구점, 한 번쯤 먹어 보고 싶었던 컵밥집을 지나서야 미리 봐 두었던 학원의 대표 강사가 환하게 웃고 있는 플래카드를 발견할 수 있었다.

매년 검찰직 공무원 합격자를 대다수 배출해 낸다는 유명한 학원, 그 학원의 합격생 중 한 명이 될 수 있겠지 하는 기대를 품으며 학원 등록을 마쳤다.

그다음으로는 앞으로 1년 동안 살 고시원을 구해야 했다.

학원 후문으로 나오니 바로 앞에 몇 개의 고시원이 보였다. 그중 외관이 가장 깔끔해 보이는 곳으로 향했다. 고시원 벨을 누르니 70세쯤 되어 보이는 주인분이 나오셨다. 며칠 전 합격한 학생이 나간 방을 보여 주겠다며 따라오라고 하셨다. 당시엔 별다른 의심 없이 그 말을 믿었지만 지금 생각해 보면 방을 소개할 때마다 으레 하는 코멘트가 아니었을까 싶기도 하다.

걸음이 느린 주인 할머니와 속도를 맞추기 위해 멈칫멈칫하며 계단을 따라 올라갔다. '여성 전용 층'이라고 쓰여 있는 철문을 열고 아무도 살지 않는 것 같은 조용한 복도를 지나 주인 할머니는 맨 끝으로 안내했다. 한 평 남짓한 그곳은 TV에서 보던 고시원과 같았다. 한 사람이 누우면 꽉 차는 침대 하나, 1인용 책걸상과 옷장, 그리고 낡은 여관에나 있을 법한 누렇게 빛바랜 미니 냉장고, 그게 다였다.

이쯤이면 예상했겠지만 화장실은 공용이었다.

문 앞에서도 방 안이 한눈에 보이니 굳이 내부에 들어가 보지 않아도 될 것 같았다. 하지만 만약 그때 방 안에 들어가 보지 않았더라면 10년이 지난 지금 그 장면을 떠올릴 때 TV에서 본 것이라고 착각했을지도 모르겠다. 침대 스프링을 살짝 눌렀을 때의 그 꿀렁꿀렁한 촉감과 고시원 특유의 냄새가 아직도 생생해 이것이 현실이었음을 확신할 수 있다.

1년만 버텨 보자.

방이 썩 마음에 들지는 않았지만 학원에서 가장 가까운 곳이었기에 따질 것 없이 주인 할머니께 바로 계약하겠다고 말했다. 그렇게 짐을 옮겼고, 옆방 여자의 통화 소리 때문에 생각보다 무섭지 않은 고시원 첫날 밤을 보냈다.

개강 날이 왔다.

수업 시간은 오전 9시. 첫 수업이니 넉넉히 한 시간 일찍 학원으로 향했다. 학원에 도착해 강의실 문을 연 순간, 규칙에 맞게 뛰던 심장이 케이블 타이로 쫙 조이는 것 같았다. 자그마치 100명은 가볍게 넘는 사람들이 강의실에 꽉 차 있었다. 칠판이 보이는 자리는 이미 물 건너갔고, 남은 자리는 모니터도 간신히 보이는 뒷자리 몇 개뿐. 계속 얼빠진 채 있다간 그 자리마저도 뺏길까 서둘러 남은 자리에 앉았다.

이제야 노량진에 왔다는 게 실감이 났다.

'내 앞에 보이는 수백 명의 사람들. 이 사람들 중 가장 열심히 하는 사람이 돼야 이곳에서 탈출할 수 있다.'

한 번 더 마음을 다잡고 먼저 와 공부하고 있는 옆 사람에게 행여 피해가 갈까, 조심조심 필기구와 책을 꺼냈다.

첫 수업이 시작됐고, 본격적인 시작에 앞서 강사님의 오티가 있었다.

시험에 대한 전반적인 설명과 더불어 "어떻게 하면 빨리 합격을 할 수 있을까요? 저는 진짜 열심히 할 거예요!"라며 열정에 가득 차 상담을 오는 학생들에게 강사님은 "너무 간절하면 눈에 눈물이 고여 상황을 직시할 수 없어요."라고 말해 준다고 하셨다. 당시에는 그 말이 어떤 의미인지 몰랐다.

강의실 안 이산화탄소 농도가 최고치에 달할 무렵, 오전 수업이 끝났고 점심을 먹기 위해 지하에 있는 고시 식당으로 내려갔다. 아는 사람이 없으니 밥도 혼자 먹어야 했다. 사람 많은 곳에서 혼자 밥을 먹는 건 살면서 처음 있는 일이었다.

혼밥의 첫 경험은 어색했고, 쓸쓸했고, 왠지 모르게 내가 초라해 보이기까지 했다. 그냥 밥만 먹기에는 자꾸 떠오르는 생각을 어디에 둬야 할지 몰랐다.

세상과 단절해 공부만 할 거라는 열정으로 휴대폰도 고시원에 놓고 왔는데 괜히 놓고 왔다 싶었다. 혹시 몰라 가져온 영어 단어장에 시선을 고정한 채 밥을 먹었지만 신경은 온통 주변 사람들에게 향했다.

'내가 불쌍해 보이진 않을까? 그래도 나처럼 혼자 먹는 사람도 많구나.'

그렇게 본격적인 노량진 생활이 시작됐다.

02 불합격

거대한 파도에 허우적거리다

그렇게 혼밥이 익숙해질 무렵 학원 게시판을 확인하고 있는데, 어떤 언니가 말을 걸어왔다. 그렇게 하나둘 같이 공부할 수 있는 언니들이 생겼다.

얼굴선이 얇고 예쁜, 이보영 닮은 언니 1호는 우리 중 집이 가장 먼데도 항상 일찍 학원에 도착해 제일 성실하게 공부하던 언니였다. 같이 공부하는 동안 인상 한 번 찌푸리는 일 없이 항상 온화한 표정을 유지하고 있는 언니를 보면 이 언니가 부처님이 아닐까 하는 의심이 들기도 했다. 그럴 때마다 종종 언니에게 "안 힘들어요?"라고 물어 사람인 걸 확인하곤 했다.

언니의 대답은 "힘들지…."라는 한마디뿐, 그 외에 더 이상의 푸념은 하지 않았다.

가끔 친구와 약속이 있다며 화려한 옷을 입고 와 무채색 트레이닝복 차림의 학원생들의 시선을 모았던 언니 2호는 자기 자신을 집안의 변종이라고 불렀다.

판사인 큰언니, 변호사인 작은언니를 둔 막내인 언니는 답답한 노량진에서조차 자유로워 보였다. 어떤 주제(특히 19금)라도 언니의 입을 통하면 이야기에 다양한 색깔이 입혀져 나오는 것같이 생생하고 흥미로웠다. 유독 동그란 내 머리통에 관해 파랑이나 핑크 같은 볼링공 색으로 염색하면 진짜 굴리고 싶을 거라는 등 엉뚱한 이야기도 잘했다. 가끔 언니의 어머니가 반찬을 보내 주시는 날에는 이럴 때 집밥을 먹어야 한다며 원룸으로 우리를 초대해 밥을 차려 주기도 했다. 항상 허리를 꼿꼿하게 펴고 공부하던 언니 2호의 자세는 언니의 성격을 잘 표현하는 것도 같았다. 마이웨이 기운이 풍기는 곳으로 눈을 돌리면 그 자리에 언니 2호가 있었기 때문에 같이 밥 먹으러 가려고 찾을 때면 가장 먼저 눈에 띄던 언니였다.

반면 어디 숨어서 공부하고 있는지 찾기 힘들었던 언니 3호는 몸집이 작고 귀여웠다. 언니 3호의 책상 위에는 항상 사탕 껍질이 널브러져 있었는데 아침마다 캐러멜 사탕을 한 통씩 사 와 매시간 당 충전을 해 가며 공부하던 언니였다. 사탕 기부 천사 언니 3호 덕분에 나 또한 적절히 당 충전을 해 가며 공부할 수 있었다. 언니 3호는 몸이 자주 아팠다. 창백한 얼굴로 꾸역꾸역 학원에 나와 공부하는 모습은 언니라도 보호 본능을 자극하게 했다.

언니들은 내 나이를 부러워했다. 지금이 스물한 살이니까 스물다섯에 된다고 해도 엄청나게 빨리 합격하는 거라면서 말이다. 나도 그렇게 생각했다. 떨어진다는 건 내 계획에 없던 일이었기 때문에 오래 공부해도 20대 중반에는 합격할 거라고 생각했다.

그렇게 언니들을 따라 공부에만 집중했다. 그래도 혼자보다는 같이 하는 사람들이 있으니 덜 외롭고 더 자극이 됐다.

언니 1, 2, 3호 중 한 명이 학원에 오기 위해 새벽 버스를 기다리고 있는데, 그날따라 왠지 모르게 어딘가 자유로운 느낌이 들었다고 했다. 살며시 고개를 숙여 보니 브래지어를 안 입고 나왔다는 걸 확인했고, 헐레벌떡 다시 집에 갔다 왔다고 했다. 새벽에 일찍 일어나 학원에 오는 게 얼마나 피곤하고 정신없는지 서로들 잘 알고 있었기 때문에 그 이야기가 마냥 웃기지만은 않았다.

그렇게 아침 자습, 오전 수업 후 점심, 오후 수업, 저녁 먹고 자습.

이런 일과가 끝나면 너덜너덜한 발걸음으로 고시원에 들어와 바로 뻗어 버렸고, 다음 날 새벽 잠이 덜 깬 시뻘게진 눈으로 머리를 말리며 1년만 참아 보자고 자신을 다독이며 다시 학원으로 향했다. 그리고 또 수업, 수업 후 자습. 그리고 고시원 또 학원, 고시원, 학원을 반복하며 우리는 시험을 향해 달려가고 있었다.

시험이 다가올수록 개강 초에 꽉 찼던 강의실 자리는 점점 비기 시작했다. 내 체력과 정신력도 점점 바닥이 나기 시작했다. 시험이란 거대한 파도 앞에 구명조끼 하나 없이 서 있는 느낌이었다. 파도를 피해 어디론가 도망치고 싶었다. 결국 시험의 압박을 이기지 못해 언니들과 연락을 끊은 채 일주일간 잠수를 탄 적도 있었다.

그리고 다시 학원으로 돌아와 사과와 해명을 하는 시간을 가졌다. 언니들에게도 힘든 시기였을 텐데 나 때문에 괜한 신경을 쓰게 했던 일은 아직도 미안한 일이 아닐 수 없다.

그렇게 우여곡절 끝에 첫 시험을 치렀다.

결과는 합격권에 훨씬 못 미치는 성적으로 떨어졌다. 나름 진짜 열심히 한다고 했는데 터무니없던 성적에 꽤 큰 충격을 받았다. 합격 수기에서 본 것과 달리 사실 이 시험을 1년 안에 합격한다는 건 쉽지 않은 일이었다. 그 당시 나와 언니들은 모두 1년 차였고, 우리 넷 중 유일하게 합격한 사람은….

30초 후에 발표하겠습니다.

이쯤에서 다들 화장실 한번 다녀오시고, 스트레칭도 하세요.

화장실 다녀오는 분들을 기다릴 동안 잠깐 주저리주저리 시간을 갖기로 해요.

저는 지금 카페에서 글을 쓰고 있는데요. 얼마 전 작업하기 딱 좋은 카페를 찾아냈어요.

일단 내부가 넓어요. 특히 제가 앉아 있는 이 자리는 사장님과의 사이에 커다란 기둥이 있어 오래 있어도 눈치가 안 보인답니다. 물론 적당히 시간이 되면 나가거나 자릿값으로 가격이 꽤 있는 디저트를 사 먹기도 해요.

또 창가 자리지만 밖에 테라스가 있어 걸어가는 사람들이 여기 안쪽까지는 시선을 주지 않아요. 그러면서도 오래 작업해 눈이 피로할 땐 언제든 바깥 풍경을 구경할 수 있는 명당이죠.

음악도 중요하죠. 가벼운 피아노 재즈곡이 나오는 이곳에서 노이즈 캔슬링을 한 에어팟을 끼면 적절한 데시벨의 백색 소음이 들리는 나만의 공간이 생긴 것 같아 집중이 잘 됩니다.

안타까운 소식은 내일부터 '코로나19 사회적 거리 두기 2단계'로 인해 더 이상 카페에서 작업을 할 수 없다는 것입니다. 조금 거리가 있지만, 공유 작업실이나 도서관으로 가야 할 것 같아요. 집에서 작업하기엔 누가 건들지 않으면 일주일 내내 침대에서 안 나올 수 있는 게으른 사람이기 때문이죠. 앞으로도 부지런히 밖으로 나와 이 책

우리 넷 중 합격의 주인공은, 바로 바로 '언니 2호'였다.
시험이 다가오자 변종이라고 불리던 언니 2호의 얼굴
에는 웃음기가 쫙 빠졌다. 텀블러에 두음 자를 따서 적은
포스트잇을 붙여 물 뜨러 가는 시간까지 공부에만 집중
하더니 결국 합격했다.

거대한 파도를 멋있게 뛰어넘은 언니 2호의 합격을 축
하하고 부러워하는 한편, 그 파도에 떠밀려 정신없이 허
우적대고 있었던 난 일단 여기에서 빠져나가야겠다고 생
각했다. 다시 학교에 복학하기로 했다. 1년 동안 에너지
를 너무 쏟아 버려 또다시 그렇게 공부할 자신이 없었다.

합격의 벽에 부딪쳐 내팽개쳐진 순간 빠그작! 하는 소
리가 들리는 것 같았다.

내 몸에 둘러싸여 있던 자신감인지 자만인지 모를 두
꺼운 막에 약간의 균열이 생기기 시작한 것이다.

03 복학

∞∞∞ 어항 속으로

　　돌아온 학교는 여전히 활기찼고, 신입생들로 보이는 얼굴도 있었다.

　　당분간은 아무 생각 없이 학교나 다니자.

　　지독하리만큼 별일 없던 노량진 생활과는 달리 대학 생활은 주기적인 이벤트가 기다리고 있었다. 1학년 때의 경험에 비추어 CC(캠퍼스 커플)는 절대 안 된다고 다짐을 해 놓고 또 같은 학과 남자 친구를 사귀었다. 하루는 수업을 마치고 당시 남자 친구와 남사친, 그리고 나 이렇게 셋이 후문으로 걸어가고 있었다. 후문에 거의 다다랐을 때쯤 어떤 여학생이 다가왔다. 그 후 그녀가 뱉은 말은 우리 셋을 당황하게 만들었다. 그 당시 나와 사귀고 있던 남자 친구의 휴대폰 번호를 물어 보는 것이었다. 스타일이 맘에 들었다나 어쨌다나(내가 사 준 옷 입고 있었는데!). 난생처음 겪는 일이었다. 드라마나 영화에서도 본 적 없는, 여자 친구 옆에서 다른 여자에게 번호 따이는 상황이었다. 남자 친구는 별다른 대꾸 없이 손을 절레절레 흔들며 우리를 안내했다. "저 여자 친구 있는데요."라거나 "옆에 있는 애가 여자 친군데요."라는 등의 말조차 꺼내지 못할 정도로 나보다 당시 남자 친구가 더 당황했었나 보다. 나의 어이를 한 번 더 뺏은 건 알고 보니 그 여학생이 우리 과 후배였다는 것이었다. 아마 그 여학생(당시에는 '년'이라 부르고 싶었지만)은 우리가 그냥 친구인 줄 알고 물어봤겠지 설마 둘이 사귀고 있는 걸 아는데 물어본 거면 당시 남자 친구를 넘겨 줄(!) 만큼 그녀가 엄청난 사람이라고 생각했다.

모든 관계는 헤어짐을 위해 달려간다. 시간이 지나 남자 친구와 당연히 헤어졌고, 며칠 뒤 수업을 듣기 위해 스쿨버스를 기다리고 있었다. 우리 학과는 맨 꼭대기에 있어 스쿨버스를 타지 않으면 등산에 가까운 경사진 길을 오르느라 허벅지가 타들어 가는 경험을 해야 한다. 화장실에 갈 때마다 변기에 꽉 차 빈틈이 보이지 않는 육덕진 허벅지를 보며 더 이상 허벅지가 두꺼워지기를 바라지 않았던 난 그날도 어김없이 스쿨버스에 올라탔다(사실 허벅지가 두꺼워지는 건 오르막길을 올라서가 아니라 높은 칼로리의 음식을 먹었기 때문인데 말이다).

사람이 별로 없어 두 자리씩 붙어 있는 자리의 창가 쪽에 앉았다. 정문에서 출발한 스쿨버스가 중앙 도서관쯤 도착했을 때 정류장에서 기다리고 있던 학생들이 우르르 타기 시작했다. 창밖을 보고 있던 내 옆자리에도 누군가 앉았다. 뭔가 익숙한 향기가 콧속으로 들어왔다. 어디서 많이 맡아본 향수 냄샌데… 하며 고개를 돌린 순간! 모공이 어떻게 생겼는지 알 정도로 가까운 사이였던 그 누군가가 앉아 있었다. 이틀 전 헤어진 남자 친구였다. 뭐지? 얘가 왜 여기에 앉았지? 나는 황급히 창문 쪽으로 고개를 돌리며 그 애가 내 옆에 앉은 의도에 대해 생각했다. 나에게 말을 걸지 않는 것으로 보아 내 옆자리에 앉은 건 의도가 아니라 실수라는 결론을 내리고서야 벙쪄 있던 민망함이 얼굴로 몰려와 귀까지 뜨겁게 만들었다.

사람이 많으니 헐레벌떡 버스에 올라타 빈자리만 보고 급하게 앉았는데, 그 옆자리의 인물이 나였으니 걔도 얼마나 당황했을까. 당시 이별이 마냥 해피엔드가 아니었기에 우리는 서로 어쩔 줄 몰라 하며 버스가 빨리 목적지에 도착하기만을 바랐다.

버스가 도착하자마자 그는 일부러 더 빨리, 나는 일부러 더 느리게 걸어 서로 간의 간격을 벌리며 학교 안으로 들어갔다.

이런 드라마틱한 일들이 종종 벌어지니 해야 할 일(공무원 시험 준비)을 잠시 잊고 그냥 대학 생활을 즐기고 싶었다. 부모님이 주는 모이를 받아먹으며, 친구들과 희희낙락 놀 수 있는 포식자 없는 어항 속은 안전하고 재밌었다. 하지만 시간을 먹고 생각이 커지면 언젠간 바다로 나가야 한다는 걸 알고 있었다. 그곳이 얼마나 위험하고 무서운 곳인지 이미 한 번 경험하고 왔기 때문에 그 사실을 떠올릴 때마다 벌써부터 혼자인 느낌이 들었다. 다른 친구들은 바다로 나갈 준비를 척척 잘해 나가는 것도 같았다.

'다들 괜찮아 보이는데 나만 외롭지.'

비교하는 외로움은 괴롭기까지 하다. 외로움을 이기는 법, 아니 그것에 익숙해지는 법을 몰랐던 그때는 친구들을 찾거나 TV를 보며 먹을 것을 입에 넣는 것으로 그것을 무시해 버렸다. 내 비만의 역사도 그때부터 시작이었다.

그러던 어느 날 아침, 자취하던 원룸 방 안에서 눈을 떴다. 몸을 일으키기까지는 시간이 필요한 일. 더듬더듬 베개 밑 리모컨을 찾아 TV 전원을 켰다. 채널을 돌리다 멈춘 뉴스에서는 배 한 척이 사고가 났다고 했다. 안에 있던 사람들은 전원 구조됐다는 내용이었다. 종종 있는 선박 사고인가 보다 하고 대수롭지 않게 채널을 돌렸다. 그러다 다시 뉴스 채널로 돌아왔을 땐 몸을 일으켜 앉지 않을 수 없었다. 90도 정도 기울어 가라앉고 있는 배가 나오는 영상 밑부분에는 뉴스 속보를 나타내는 빨간 배경에 흰색 글씨로 절반이 넘는 승객들이 아직까지 구조되지 못했다는 내용이 적혀 있었다. 화면에서 보이는 배 안에 몇 백 명이 갇혀 있다는 사실이 눈으로 보면서도 믿기지 않았다. 서서히 가라앉는 배와 그 배를 탄 사람들의 가족이 오열하는 모습을 실시간으로 보며 느낀 참담함을 무엇에 빗댈 수 있을까.

배 안에 있는 아이들을 지켜볼 수밖에 없는 무력감에 눌려 대한민국 전체가 가라앉았던 그날.

난 도움이 필요해 보이는 누군가를 그냥 지나치지 않는 사람이 되고 싶었다. 그리고 그게 오지랖이 되지 않게 도와줄 자격이 있는 일을 하고 싶었다. 검찰직에서 경찰로 직렬을 옮긴 것도 상황은 달랐지만, 매번 비슷한 마음이 들었기 때문이다.

마음과 달리 구체적인 노력은 없었다. 어차피 학점은 시험에 안 들어가니 출석만 간신히 채우는 정도였고, 그렇다고 경찰 공부를 제대로 한 것도 아니었다. 경찰반(취업 준비반)에 들어갔지만 말이다.

학교에 다니는 동안 이보영 닮은 언니 1호의 합격 소식이 들려왔고, 캐러멜 사탕을 좋아하던 언니 3호의 소식은 희미해져 갔다. 그리고 난 공부를 핑계로 휴학과 복학을 한 번 더 반복했고, 대학생도 공시생도 아닌 이방인처럼 몰래 졸업을 했다.

04 재도전

∞∞∞∞ 실패가 습관이 되다

4년간의 대학 생활을 마친 난 가차 없이 어항 밖으로 내던져졌다. 그 당시 바다로 나가는 큰 흐름은 공무원 시험을 준비하는 것이었다. 특히 우리 학과는 공무원 준비반이 따로 있을 정도로 너도나도 공기업이나 공무원 시험을 준비하는 상황이었다. 학교에 다니는 내내 공무원 시험의 끈을 놓지 않고 있었던 나는 당연히 그 큰 조류를 따라 헤엄쳐 갔다. 의심은 없었다.

다시 찾은 노량진은 여전히 많은 수험생으로 넘실거렸다. 검찰직과는 달리 경찰직은 1년에 시험이 두 번 있었다. 그렇다고 만만하게 볼 시험은 아니었다.

이제는 진짜 돌아갈 곳이 없었다. 절박한 마음으로 다시 공부를 시작했다.

제일 문제가 되는 건 역시 영어였다. 당시에는 영어와 한국사가 필수과목이었다. 필수과목은 절대평가라 법 과목 등 나머지 선택과목보다 한 문제당 평균 점수도 높았다. 게다가 다른 과목에 비해 실력이 올라오기까지 시간과 노력이 많이 들기 때문에 영어를 얼마큼 잘하는지에 따라 시험을 준비하는 기간이 정해진다고 해도 될 정도였다.

학창 시절 포기했던 영어는 이때도 내내 나의 머리채를 잡았다. 공부를 하다 울화통이 터질 때마다 이 시험에서 가장 중요한 과목이 왜 영어가 된 건지 대해 생각했다.

형법, 형사소송법, 경찰학개론… 법 과목은 실무에 필요하니 인정. 한국사는 대한민국 국민이니까 오케이, 거기까지도 인정! 근데 영어는 왜? "Hands up!"이라고 말하면 범인이 순순히 손을 들고 따라오나? "Wake up!"이라고 말하면 바닥에 뻗은 주취자들이 벌떡 일어나 집에 가기라도 한단 말인가?

이태원 같은 특수한 지역이 아니면 실제로 근무하면서 영어를 사용할 일이 거의 없을 텐데, 차라리 이 시간에 팔 굽혀 펴기를 몇 번 더 하는 게 낫겠다 싶었다.

간혹 선생님들에게 이런 질문을 하는 학생이 있었다.

"선생님! 지금 배우는 건 나중에 안 쓰잖아요. 근데 왜 해야 해요?"

순간 공부를 하기 싫어 던진 질문이든, 진짜 궁금해서 하는 질문이든 간에 선생님이라면 그 질문에 적절한 대답을 가지고 있어야 한다. 보통의 선생님들은 나중에 다 도움이 될 거야, 아니면 나중에 안 써도 과정에서의 노력을 보는 거라고 말했던 것 같다.

지금 하는 일이 나중에 어떤 식으로든 도움이 된다고 생각하는 나는 위의 두 대답에 이의를 다는 건 아니다. 하지만 당장 필요하고 해야 할 이유가 분명한 것을 제쳐 두고 왜 언젠가는 도움이 될지 안 될지도 모를 다른 것을 먼저 해야 하느냐는 거다.

학교와 사회가 효율적으로 굴러가지 않는다고 해도 그 안에 들어온 이상 어쩔 수 없이 쳇바퀴에 따라 발을 움직여야만 한다.

이런 생각을 할 시간에 닥치고 영어 단어 몇 개라도 외워야 하는 게 현실이었다.

1년 반쯤 지났을까? 이만하면 합격권이겠지, 기대를 했던 시험에서 또 떨어졌다.

꽤 충격적이었다. 이 점수로도 떨어진다고?

'42.195킬로를 단거리처럼 달렸다.'

이제껏 합격하지 못한 이유는 '변덕스러운 공부'였다. 그것이 주된 이유임은 틀림없다. 그렇게만 생각했다면 정말 멋있는 '나 자신'이 될 수 있었겠지만 나는 꽤 구질구질하다. 누가 한 번만 더 물어본다면 왈랄라라 내뿜을 수 있는 변명이 혀끝에서 기다리고 있다.

학교에 있을 때는 대량 채용하더니 제대로 공부해 성적 올려놓으니 잔인해지는 한 자릿수 채용, 그 덕에 입이 벌어질 정도로 고개를 들어도 보이지 않는 커트라인.

시험이란 건 밑 빠진 독을 계속 채우는 작업이라고 했다. 암기. 암기. 암기. 계속 퍼붓고 또 퍼부어야 한다. 그 장독대에 물이 다 채워져 마지막 한 바가지만 부으면 될 때, 그 한 바가지는 바로 '운'이다. 운이 있어야 그 속에

간힌 내가 완전히 빠져나갈 수가 있다. 지역을 어디로 선택해 시험을 보는지, 찍은 문제가 맞았는지 틀렸는지의 여부가 중요한 변수인 이 시험은 특히 그랬다.

또다시 왜 합격하지 못했느냐는 질문을 받으면 평소대로 "꾸준히 못했어요."라고 말할 것이다. 죽은 자보다 말이 없어야 하는 게 실패자인 사회에서 나의 구질구질함은 나만 알고 싶다.

그 시험을 정점으로 성적은 꾸준히 내려갔다. 내가 장수생이라니… 절대 안 될 줄 알았던 장수생이 되는 건 생각보다 쉬웠다.

공부 기간이 길어지면서 그동안 참고 버텨 왔던 신체적, 정신적 문제가 나타나기 시작했다. 어깨 결림, 두통 정도는 달고 사는 거였고 온종일 앉아 있다 보니 팅팅 붓는 종아리, 스트레스성 복통 때문에 수업 중 급하게 병원 응급실을 찾은 적도 있었다.

전에는 아무렇지도 않게 넘어갈 사소한 부분에서도 예민함이 자주 등장했다. 그것이 나뿐만이 아니었는지 강의실에는 볼펜 팅기는 소리, 패딩 벗는 소리 좀 주의해 달라는 등의 까칠한 코멘트가 담긴 포스트잇이 날아다녔다.

점점 쌓이는 피로는 기상 시간도 늦췄다. 늦게 일어난 날에는 직장인들의 출근 시간과 겹쳐 만원인 지하철 안으로 몸을 구겨 넣어야 했다. 자리를 잘 못 잡은 날엔 나보다 키가 작은 사람의 정수리 냄새를 맡으며 노량진까지 향했다. 그야말로 지옥철이었다. 학원에 도착하기도 전에 진이 빠졌다. 이런 하루하루가 늘어났고, 수험생들 속에 파묻혀 있는 것도 숨이 막혀 노량진 생활을 더 이상 버틸 수가 없었다.

집에서 독서실과 도서관을 다니며 공부를 했다. 그런데도 불구하고 예전 같은 컨디션을 찾기 힘들었다.

놀 용기조차 없었다. 몸은 쉬고 있어도 머리는 미처 다 못 끝낸 진도 생각, 합격할 수 있을까 하는 불안이 가득 차 있었다. 친구는 물론 가족들과도 멀어졌다. 명절이 되면 "왜 안 왔어. 아직도 공부해?"라고 걸려 오는 안부 전화가 지독히도 싫었다. 심지어 "그래, 열심히 하면 합격할 수 있을 거야."라는 말도 반갑지 않았다(그 열심히가 이제는 안 된다고요).

총력을 다 해도 모자랄 판에 이제는 시험이 다가오면 부담과 압박에 더 퍼져 버렸다. 성적이 안 나올 거라는 걸 알고 시험장에 들어서는 건 고문이었다.

시험을 마치고 나오면 수험생들보다 더 간절한 표정으로 한곳에 모여 자신의 자식이 나오길 기다리는 부모님들의 얼굴이 꼭 우리 엄마, 아빠 같았다. 그 얼굴들을 오래 볼 수 없어 고개를 푹 숙이고 고사장을 빠져나왔다.

'진짜 간절한데 왜 노력하는 게 안 될까?'

'지금이 몇 년쨌데 아직도 이러고 있냐….'

한심하고 막막했다. 나 자신이 너무 싫었다. 그렇게 나를 밟으며 집으로 향하는 길은 무척이나 쓸쓸했다.

시험 날, 집으로 돌아와서는 항상 아빠와 통화를 했는데 어느 순간부터는 바로 전화를 할 수가 없었다. "여보세요?"라는 목소리만 들어도 펑펑 울어 버릴 것만 같았다. 겨우겨우 마음을 추스르고 전화를 걸었는데, 참았던 울음이 터져 나왔다.

"지금 떨어진 건 아무것도 아니다. 앞으로 세상 살면서 힘든 일 훨씬 더 많을 텐데, 이런 거로 울면 어떻게 해. 내려와서 좀 쉬었다 가라."

울고 있는 딸에게 이런 말을 하는 아버지의 마음은 어땠을까.

몇 년 동안 아무런 성취감도 맛보지 못했다.

다른 일을 찾아보라는 주변의 조언도 들리지 않았다.

'이거 아니면 안 돼.'

지독한 고집, 포기할 용기가 없는, 눈 옆을 가린 채 달리고 있는 병든 경주마.

그게 딱 나였다.

실패가 계속되니 습관이 되었다.

05 정신 질환

∞∞ 심해의 끝은 없었다

 1년에서 6개월, 6개월에서 3개월, 3개월에서 한 달, 한 달에서 1주.

 공부를 할 수 있는 체력과 정신력이 바닥이 났다. 발버둥 칠 힘이 다 빠진 난 서서히 바닷속으로 잠겨 들어갔다.

 어느 순간부터 방 안에 틀어박혀 누워 천장만 바라보고 있었다. 합격하지 못한 것에 대한 후회와 아무것도 할 수 없을 것 같은 미래에 대한 생각이 얽히고설켜 머릿속을 어지럽혔다. 몇 년 동안 물심양면 지원해 주신 부모님을 생각할 때면 그 미안함은 이루 말할 수 없었다. 부지런하고 다정한 부모님 밑에 왜 이렇게 게으르고

나약한 내가 태어났는지 의문스러웠다. 매일이 우울
했다. 도망치고 싶었다. 현실만 아니라면 어디로든 괜찮
겠다 싶었다.

열두 시간 이상은 꿈속으로, 나머지 시간은 음식과 TV
속으로 도망쳤다. 음식을 먹고 TV를 보는 동안에는 아무
생각이 나지 않으니 배가 고프지 않아도 자꾸 먹을 것을
찾았다. 그렇게 몇 달이 지났다. 거울 속엔 15킬로 이상
불어난 몸과 초점 없는 퀭한 눈을 가진 사람이 멍하게 서
있었다.

바닷속은 차갑고 어두웠다. 숨쉬기도 버거웠다. 가슴이
답답해 하루에 몇 번이고 호흡을 몰아쉬어야 했다. 저 멀
리 수면 위에서 사람들이 하는 말도 들리지 않았다. 헤엄
쳐 나오라는 소리는 귀에 닿기 전에 흩어져 웅웅댔다.

끝까지 시험에 대한 생각을 놓지 못하고 조금씩 더 깊
은 곳으로 빨려 들어갔다.

집 밖에 나오면 필터를 씌운 것 같이 모든 게 뿌옇게
보였다. 달리는 자동차에 슬로모션을 건 듯한 느낌. 현실
감을 잃었다. 그렇게 좋아하던 바다를 가도 아무 감정이
없었고, 거리 조절이 안 돼 운전마저 힘들었다. 밤이 되

면 부정적인 생각의 조류에 휩쓸렸다. 거친 물살에 만신 창이가 돼서야 잠자리에 들 수 있었다.

TV에서, 한 연예인이 자살했다는 뉴스를 보았다.

어떤 마음인지 아주 조금은 알 것 같아서 잘 가라고 하고 싶었다.

어떤 마음인지 아주 조금은 알 것 같아서 가지 말라고 하고 싶었다.

죽고 싶지는 않았지만 죽어도 상관없겠다 싶었다. 죽음이라는 단어가 너무 쉽게 느껴졌다.

이대로는 안 되겠다 싶어 병원을 찾았다. 나보다 더 감정 없는 얼굴을 한 의사와 간단한 상담을 한 뒤 스트레스 검사를 하기 위해 좁은 방 안으로 향했다. 그곳엔 의자한 개와 컴퓨터 모니터 같은 기계가 있었다. 간호사는 내손에 빨래집게 비슷한 것을 끼우고, 머리엔 얇은 선이 달린 동그란 밴드 같은 것을 붙였다.

정상, 비정상, 아니면 어떤 수치로 나오는 건가? 스트레스가 수치화할 수 있는 것인가?

내 머릿속에 있는 것을 그대로 인식하다가 기계가 터져 버리는 게 아닐까?

검사 결과 여러 가지 병명이 나왔다. 고도 우울증, 해리성 장애, 대인 기피, 폭식 등 생각했던 것보다 심각한 상태였다. 약물 치료를 권유받았다. 집으로 돌아와 약봉지를 책상에 던져 놓고 하염없이 울었다.

이제는 진짜 이 약에 의존해서 살아가야 하는 거구나.

얼마나 더 내려가면 밑바닥이 보일까. 이것보다 더 내려갈 곳이 있을까?

심해의 끝은 없었다.

내려가면 내려갈수록 더 차갑고 어두운 곳이었다. 다시 올라갈 수 있는 발판은 내가 만들어야 했다.

우울증 일기 1

2018년 2월 25일

휴, 그동안 너무 힘들었다.

몇 년간 계속되는 실패로 자신감 넘치던 난 180도 변했고, 무기력

하게 20대 중·후반을 보냈다. 그에 대한 자책과 가족에 대한 미안

함은 이루 말할 수 없었다. 그냥 울 수밖에.

희망 부재로 인한 과한 수면. 아침에 눈 뜨는 게 지옥이었다.

상황 판단력, 집중력, 기억력의 저하는 결국 운전까지 힘들게 했고,

매일의 우울함이 가장 힘들었다.

하고 싶은 일은 이거 하나뿐인데 계속 안 되니까… 노력이 안 되니

까… 목표는 간절한데, 과정이 간절하지 못하니까….

차라리 육체적으로 힘든 일이면, 사람들과 함께하는 일이면 내 성

항상 얼마든지 버텨 냈을 텐데.

공부는 진짜 체질이 아닌가. 하지만 내가 하고 싶은 일을 하려면 해야 하고.

다시 시작해 보려고 해도 자신이 없다. 일 년여를 수험생으로 버텨낼 자신이….

이제 천천히 회복되고 있는 것 같은데 악순환의 연결 고리를 끊어도 합격의 문제는 또 다른 거니까.

2018년 3월 6일

어디에서부터 잘못된 걸까.

불안, 조급함, 우울. 현재의 나는 매우 심각한 상태다.

이제껏 정체성 없이 타인의 시선만을 의식하고 자존감 아닌 자만심으로 세상을 살아왔다.

내가 처한 상황이나 문제를 회피하면서 엉뚱한 곳에 나의 감정을 표출하는 불안한 심리 상태. 검사 결과가 소름 돋게 치부를 쑤신다.

2018년 3월 22일

오늘도 울었다.

한 번에 나아지길 바라면 욕심인 걸 알면서 또 나를 밀어붙이고 있다.

회복기라고 생각했는데 우울함이 더 심각해지는 것 같아 무서웠다.

일부러 생각하지 않으려 자꾸 휴대폰이나 노트북을 멍하니 본다.

요새는 중독적으로 책을 읽었는데, 이마저도 나 자신이 스스로 사색할 수 없어 자꾸 지식을 머리에 억지로 집어넣는다는 생각이 들었다. 사색과 동시에 다시 좌절과 우울이 머릿속을 지배하니 오히려 그 편이 낫겠다고 정보와 매체를 온종일 과다 복용한 것이다.

아무것도 하지 않을 때의 내 상태는 영혼 빠진 가오나시 같다. 멍하니 왔다 갔다.

이 또한 지나갈까. 너무 힘들다. 괜찮다가도 부정적인 감정이 살짝만 건드려도 무너져버린다.

내일은 꼭 병원에 가자. 어떻게든 살아야지.

06 포기

∞∞∞ 인정하기로 했다

공부를 손에서 놓은 지는 꽤 됐지만 마음은 그렇지 못했다. 시험을 단칼에 그만두기엔 이제껏 해 온 시간이 너무 길었다. 20대의 전부, 경찰이 아닌 내 모습을 상상해 본 적이 없었다. '그만두면 뭘 할 수 있을까?' 할 수 있는 게 없을 것 같다.

합격이 아니면 이력서 한 줄에도 못 끼는 공무원 준비생이었던 시간을 누가 알아줄까 싶었다.

"20대 후반인데 이력서가 텅텅 비었네요? 그동안 뭐했어요?"

면접장의 모습을 실감나게 상상하며 고개를 저었다.

포기를 인정하는 순간 내 20대의 삶이 부정당할 것만 같
았다. '아냐 다시 한 번만 해 보자. 지금 여기서 그만두면
너무 아깝잖아.'라는 생각과 달리 당시 신체적, 정신적
상태는 일상적인 생활조차 할 수 없는 상황이었다. 급한
건 시험이 아니라 몸과 마음을 회복하는 것이었다. 시험
을 끌어안고 있을수록 더 깊은 곳으로 빠져들어 갔다.

　포기할 용기가 있어서가 아니라 당장에 상태가 심각하
니 어쩔 수 없이 놓게 된 것이었다. 놓아야 다시 올라갈
수 있었으니까.

　'당당하게 합격 통지서를 받고 지인들과 얼싸안으며 기
쁨의 눈물을 흘린다.'라는 김붕어의 합격 시나리오는 완
전 반전으로 끝났다. 이렇게 볼품없이 그만둘 줄이야….

　일찍 일어나기, 다이어트, 피아노 등등 이제껏 포기라
고 생각하지 못 할 정도의 '자잘한' 포기는 많았지만 정
말 원했던 걸 '제대로' 포기해 본 적은 처음이었다.

　문득 처음 노량진에 왔을 때가 생각났다. 노량진 거리
에 폭포수 같이 쏟아져 나오는 사람들 중 극히 일부만 붙
는다는 시험을 무슨 자신감으로 시작한 거지? 공부를 제
대로 해 본 적도 없으면서 다른 사람은 안 되도 나는 되

겠지 하는 생각을 어떻게 할 수 있었지? 그 사람들하고 나는 똑같은… 아니 어쩌면 한참 부족한 사람이 나인데 말이야.

내가 진짜로 공부를 열심히 했다고 말 할 수 있나? 열정에 불타 몇 개월 열심히 하다가 퍼지고, 또 몇 개월 하다 퍼지는 식의 공부. 누구나 다 할 수 있는 잠깐의 열정을 노력이라고 말하며 합격하지 못한 것에 대한 변명만 나불거리고 있던 내가 심각하게 별로인 사람처럼 보였다. 꿈은 높게 꾸면서 노력은 땅에 기어 다니는 개미만큼도 안 하는 그렇게도 한심하다고 생각했던 사람이 가장 가까이에 있었다.

차라리 놀기라도 했으면 억울하지라도 않지. 안 되는 걸 알면서 왜 그렇게 미련하게 붙잡고 있었던 건지….

매년 어버이날 편지에도 빨리 합격해서 효도하겠다는 내용을 담았지만 정작 부모님이 주신 용돈을 받아가며 생활하는 그 상황에 안주하고 있었다.

'나는 공부한다고 하면서 술 먹고 피시방 가는 사람과는 달라. 그래도 하려고 하고는 있잖아.'라고 생각했지만…. 그랬다. 그렇게 생각만 했다. 생각만. 그럴 바엔 차라리 술 먹고 피시방 가는 게 더 나을 뻔했다.

포기와 자책으로 이어진 마지막 단계는 인정이었다.

좋아하는 과자를 사 와 설레는 마음으로 봉지를 뜯었는데 생각보다 내용물이 많지 않아 허탈하고 실망했던 적이 있다. 실속은 없고 질소로 가득 찬 과자처럼 이제껏 '내가 사람들에게' 또 '내가 나 자신에게' 나라는 사람을 부풀려 포장하고 있었던 게 아닐까 싶었다.

운이 좋아 노력보다 더 좋은 결과가 나오는 편이라고 생각했고, 무슨 일을 하던 다 잘될 수 있을 것 같았고, 그러면 나중엔 서울에 있는 빌딩 하나 정도는 살 수도 있지 않을까 하는 생각까지 했었다(중2병이 그때까지 계속됐던 건가…. 지금은 어떻게 그런 생각을 할 수 있었는지 나도 모르겠다).

막상 세상에 나와 나라는 사람을 뜯어보니 알 수 있었다. 지금까지 얼마큼이나 나를 부풀리고 있었는지. 모든 게 허울뿐이었다. 게으르고, 감정에 쉽게 휘둘리는 유리 멘탈에, 고통에 예민해 조금만 힘들어도 바로 누워 버리는 나약한 사람이었다. 과하게 강해 보이고 싶다거나 과시하고 싶어 하는 건 결핍의 문제라는 생각이 들곤 한다. 그런 나의 모습을 감추기 위해 남들 앞에서는 더 열심히 하는 척, 강한 사람인 마냥 행동한 게 아닐까 싶었다. 그 모습에 나 또한 속았던 거고….

생각했던 것과 너무 다른 내 그릇의 크기를 인정하는 것은 쉽지 않았다. 놓아야 할 때 놓지 못하고 긴 시간 동안 붙잡고 있었던 것도 이 때문이었던 것 같다. 시험을 포기하려면 이 모든 것을 인정해야 했다.

'나는 생각만큼 대단한 사람이 아니었고, 이번엔 실패했어.'

내가 나약한 사람이라는 걸 인정하고 나서야 비로소 강해질 수 있었다.

'나는 못하는 게 없어. 뭐든 잘할 거야!'라는 밑도 끝도 없는 긍정 대신 '그래 어느 부분은 잘할 수 있고 어느 부분에서는 부족해. 그럼 그 부족한 부분을 어떻게 채우면 될 것 같아.'라는 근거 있는 긍정으로 부족한 부분을 인정하고 채우기로 했다. 또 조금만 힘들어도 내가 나약한 사실을 숨기려고 갖가지 변명으로 치장하며 드러누워 버리던 예전에 비해 '그래 나 게으르고 나약한 거 알아…. 근데 조금만 버티면 더 단단해질 수 있을 거야.'라고 스스로를 다독이며 지금까지 생활하고 있다.

지난날의 나를 있는 그대로 인정하며 포기를 그린 선
은 다시 출발할 수 있는 스타트라인과 같았다.

07 회복의 단계

∞∞∞ 파도가 잠잠해질 때까지

　다시 올라갈 수 있는 발판은 내가 만들어야 했다. 이런 생각도 최악의 상황에서 조금이나마 벗어나니 할 수 있었다. 우울증이 한창 심했을 때는 손 하나 까딱할 의지조차 없었으니까. 최악의 상황, 더 깊은 곳으로 들어갔다가는 영영 수면 위로 올라오지 못할 것 같았을 때, 무언가에 의해 몸이 조금 뜨는 느낌을 받았다.

　그 부력은 조금 더 살아 보라는 운명인 건지, 살고 싶은 의지였던 건지 모르겠다.

　세계적인 축구 선수 손흥민은 처음부터 경기에 나가지

않고 무려 6년 동안이나 기본기 연습만 했다고 한다. 어느 분야건 기본이 제일 중요하다는 사실은 인정하지 않을 수 없다. 그렇다면 삶의 기본기는 무엇일까에 대해 말할 때 개인적으로는 독서, 식단, 운동 이 세 가지를 꼽고 싶다. 이 기본기들을 평생 꾸준히 한다면 성공은 보장할 수 없지만 한순간에 처참하게 무너지는 것은 막아 줄 것이라고 믿는다.

꽤 심각했던 정신적, 신체적 문제를 벗어날 수 있었던 것도 이러한 삶의 기본기를 연습하는 것이 큰 도움이 되었다.

'지금, 그리고 여기.'

그날도 역시 침대에 누워 멍하니 천장만 바라보고 있었다. 자세가 불편해 몸을 옆으로 돌려 누웠는데, 한 권의 책이 눈에 들어왔다.

『천 개의 찬란한 태양』

유독 그 책이 눈에 들어온 이유는 단순히 제목이 찬란해서뿐만이 아니었다. 고등학생 시절 엄마가 선물해 준 책이었다. 1년에 한두 권 읽을까 말까 했을 정도로 책에는 전혀 관심이 없던 당시에 그 책을 읽었을 리 없었다. 공무원 공부를 시작하고 나서도 마찬가지였다. 온종일 수험서만 보고 있는데 쉬는 날까지 또 다른 책을 읽는 게 싫었다. 차라리 거리 한복판에서 소리를 지르며 막춤을 추는 것이 정신 건강에 더 좋으리라 생각했다.

10년쯤 묵혀 놓아서 꾸리꾸리한 냄새가 날 것 같은 책이 비로소 제 역할을 하기 시작했다.

처음에는 한 페이지를 읽는 것도 힘들었다. 분명 눈은 글을 따라가는데 머리는 멈춰 있었다. 몇 페이지 넘기지 못하고 베개 옆으로 던져 놨다. 다음 날도 마찬가지였다. 역시나 몇 페이지를 넘기지 못했다.

그래도 방구석 책장이 아닌, 머리맡에 놓으니 자꾸 책에 손이 갔다.

한 페이지만 더 읽어 보자. 한 페이지만 더.

의식하지 못하는 사이, 어느덧 마지막 장을 넘기게 되었고, 뒤표지의 추천사까지 다 읽었을 땐 아주 미미한 기분 좋음을 느꼈다. 가벼운 자격증 시험에 합격했을 때를 10으로 놓으면 1 정도의 성취감이었다.

마이너스를 달리고 있던 나에게 1은 꽤 의미가 있었

다. 그동안 느끼지 못했던 뿌듯함은 다른 책에도 손을 뻗게 했다. 한 줄 한 줄 읽고 생각하며 글자의 의미를 알아가는 동안에는 혼자라는 생각이 들지 않았다.

새로운 책도 사기 시작했다. 처음에는 『소피의 세계』, 『코스모스』 등 사람들이 좋다고 하는 걸 샀다. 잘 읽히지는 않았다. 그래도 상관없었다. 마음만 연다면 얼마든 나의 상황과 수준, 취향에 맞는 책을 찾을 수 있었다. 알랭드 보통의 『불안』, 『미움받을 용기』, 『마인드 스포츠』 등 심리 관련한 분야를 특히 많이 읽었다. 내가 왜 이렇게 됐는지, 문제가 뭔지에 대한 해결 방안을 알고 싶었다. 심지어 중고 서점에서 프로이트의 『정신분석 강의』라는 읽지도 못할 책을 사 올 정도였으면 그 당시엔 진짜 지푸라기라도 잡고 싶었던 것 같다.

마음을 다스리는 데 도움이 됐던 책을 많이 읽다 보니 공통적으로 나왔던 말이 있었다.

'지금, 바로 여기.'

과거에 대한 후회와 미래에 대한 불안으로 20대를 다 보내 버린 나에게 크게 와닿는 말이었다.

'배고픈 마음에 건강한 음식을.'

차가운 침대에 누워 희미한 눈을 뜨고 있다. 머리맡에
는 눈꼬리, 입꼬리가 녹아내린 슬픈 표정의 자식들이 있
다. 죽음을 앞둔 순간. 기력이 다해 마지막 한마디만 할
수 있는 힘밖에 남지 않았다면?

"거, 건강한 음식을 찾아 머… 먹어."

나는 이런 유언을 남기고 세상을 떠날 것이다.

손만 까딱하면 모든 종류의 음식이 집 앞으로 도착하
는 시대에 건강한 음식을 선택하는 건 쉬운 일이 아니다.
치킨, 피자, 떡볶이, 탕수육, 부대찌개 등의 강력한 음식들
사이에 샐러드, 현미밥, 고구마, 과일 같은 건 왠지 눈에
잘 들어오지 않는다. 분명 똑같은 글씨 크기인데 말이다.

정신적 상태가 안 좋았을 땐 특히 더 심했다. 순간이라
도 기분을 낫게 하는 건 자극적인 음식밖에 없었다. 매일
엄청난 양의 음식을 입속으로 넣으며 몸을 혹사했다. 걷
잡을 수 없는 폭식을 반복하고 있다면 단순히 배가 고파
서가 아니라 마음이 고픈 것일 수도 있다. 폭식의 굴레에

서 겨우 벗어날 수 있었던 건 마음이 채워지고 나서부터였다.

식단을 바꾸기로 했다. 배달 음식과 각종 즉석 가공식품을 소화하느라 힘들었을 장기들에게 희소식이었다. 자연 식물식을 알게 되었고, 그에 따라 현미밥, 채소, 과일 위주의 식사를 했다. 양을 줄이지 않아도 살이 빠졌고, 식단을 건강하게 챙긴 날에는 정신적인 상태가 눈에 띄게 좋았다. 이유 모를 두통과 가슴 통증도 어느 순간 없어졌다.

신기했다. 음식만 바꿨을 뿐인데 삶 자체가 달라지는 느낌이었다. 깨끗한 음식은 신체적인 건강은 물론 정신적인 안정에도 효과가 있다는 사실을 믿게 되었다. 어쩌면 종교보다 더 독실하게 믿고 따라야 할지도 모르겠다는 생각이 들었다.

어딘가 아픈 사람에게는 건강하게 살아 있는 매 순간이 천국일 테니.

자기 관리의 대명사 독서, 운동, 식단. 그중 가장 중요한 것이 식단이라고 생각할 만큼 나는 음식의 중요성을 안다. 사실 알면서도 바쁘다는 핑계로 귀찮다는 이유로

배달 앱에 먼저 손이 간다. 영양가 하나 없는 자극적인 음식을 먹는다. 먹고 또 후회하고 앱을 지웠다 설치했다 반복한다. 옆에서 보던 동생이 "그럴 거면 지우지를 마."라고 놀린다. 이 책이 출간될 때쯤에는 건강한 식습관을 되찾았으리라고 다짐한다.

'하고 싶은 일이 있다면 먼저 체력을 키워라.'

몸이 가벼워지니 조금은 걷고 싶었다. 딱 5분만 걷고 오자. 집 앞 공원으로 나갔다. 그리고 진짜 5분쯤 지나서 바로 집에 들어왔다. 잠깐 나갔다 왔을 뿐인데 기분이 상쾌했다. 그 후로 딱 5분씩만 걸을 생각으로 밖에 나가면 '오늘은 10분', '오늘은 20분'이 되었다.

장소도 바뀌었다. 집 앞 공원에서 동네로, 그리고 한강으로. 다리가 가벼워지는 만큼 점점 더 넓은 곳을 걷고 있었다. 새벽까지 우울함에 시달려 잠을 못 이루는 날이면 무거운 이불을 걷어 내고 한강으로 향했다. 자전거를 옆에 대 놓고 벤치에 우두커니 앉아 있으면 한강 반대편 수많은 빌딩 속에서 해가 보였다. 같은 시간 속 떠오르는 해와 내가 너무도 달라서 왈칵 눈물이 났다.

계속 나를 탓하다가는 완전히 부스러질 것 같았다. 그렇다고 다른 누군가를 탓할 수 없으니 다시 자전거 패달을 밟았다. 그렇게 해가 뜨는 것을 보고 집으로 돌아오면 기분이 한결 나아졌다.

그 후, 그룹 P.T를 신청해 100일 동안 두세 시간씩 고강도의 운동을 했다. 내가 지금 태릉 선수촌에 온 게 아닌가 하는 착각이 들 정도로 힘들었다. 힘든 만큼 몸은 변하고 있었다. 악귀처럼 착 달라붙어 몸을 무겁게 하던 지방이 걷혔고, 티는 잘 안 나지만 근육도 생겼다. 확실히 운동을 하니 아침에 일어나는 것이 쉬웠고, 활력이 생겼다. 100일 후 13킬로그램이 다시 빠졌다.

운동은 딱 노력한 만큼 돌아왔다. 더도 아니고 덜도 아니고 딱 그만큼. 운동과 몸, 그 둘 사이의 관계는 정직했다. 운동을 안 하는데 근육이 생길 리 없었고, 운동을 하는데 체력이 나빠질 리 없었다. 이 관계처럼 모든 일이 내가 한 만큼만 돌아왔으면 좋겠다 싶었다. 별 수고 없이 좋은 결과가 나오는 행운을 바라지 않을 테니 노력에 비해 형편없는 결과가 나오는 불운도 없었으면 좋겠다 싶었다. 삶이 단순해져도 좋으니 말이다.

"하고 싶은 일이 있다면 먼저 체력을 키워라."

드라마 미생의 명대사다.

그 말을 들은 주인공 장그래가 산을 뛰어오른다. 드라마나 영화 책에서 소름 돋는 명언이 나와도 그 문장이 실제로 사람들을 행동하게 하는 일은 거의 없다. 그래서 우리는 그 자리에 머물곤 한다. 드라마 속 대사에 절실히 공감한다면 산을 뛰고 있는 장그래가 내가 되어야 하고, 그 대사가 내 말이 되어야 한다. 자기만의 동기 부여가 있거나 진짜 운동을 즐기는 사람이 아니라면 억지로라도 운동하게 하는 환경을 만들거나, 긴 생각 없이 몸을 일으켜야 한다.

'운동을 해야 되는데….'라는 고민 다음에 또 다른 생각이 끼어들게 되면 안 된다. 십중팔구 '아, 귀찮은데.', '밖에 추운데.', '내일부터 해야지.' 등 운동을 하지 않아야 하는 이유를 100가지도 만들어 낼 수 있다. 운동해야 한다고 생각하면 조잡한 변명은 이불 속에 묻고, 그냥 몸을 일으키면 되는 거다. 그리고 운동을 하고 난 다음 상쾌해진 기분을 고이고이 간직하며 다음 날에도 반복!

혹시 예전의 저처럼 방 안에 박혀 우울해하는 분이 있나요?

이 책을 내팽개쳐도 되니(아니, 그렇다고 던질 것까지는~) 딱 5분만 햇볕을 쬐며 걷고 와 보세요. 운동이 아니어도 좋으니 그냥 햇볕만 쬐고 와도 돼요. 속는 셈치고 한 번만 나갔다 와 보세요. 세수를 안 했거나 머리를 안 감았어도 괜찮아요. 생각보다 사람들은 당신의 눈곱과 비듬에 관해 관심이 없답니다. 모자와 마스크도 있잖아요.

자 이제 책을 덮고 일어나세요. 안 일어난 거 다 알아요. 딱 5분만 걷다 와서 다시 이 책을 손에 들었을 땐 지금보다 훨씬 더 좋은 기분과 집중력으로 읽어 나갈 수 있을 거예요!

책 한 페이지, 5분 걷기. 아주 천천히 나아지기로 했다.

한 번에 괜찮아질 수 없다는 걸 알면서도 스스로를 몰아붙일 때도 있었다. 그렇게 좋아졌다 안 좋아지기를 수도 없이 반복하며 내 안의 파도는 잠잠해져 갔다. 또다시 우울해져 눈물 흘리는 날도 있었지만, 그 조류가 예전처럼 거세지는 않았다.

웬만큼 회복되고 나서야 공부했던 책을 완전히 정리할 수 있게 됐다. 시험 교재를 폐지 수거하는 할머니께 다 갖다 드렸다. 모조리 싹 다! 지긋지긋하다, 그만두자 해도 차마 교재는 버릴 수가 없어 옛날 물건 못 버리는 사람처럼 꾸역꾸역 가지고 있었던 것이었다.

교재가 꽤 많았기 때문에 창고까지 같이 가져다 드렸다. 의미를 버리니, 오랫동안 품에 안고 있던 책도 다른 폐지와 다를 게 없었다. 해방의 기분이랄까? 예상외로 속이 겁나 시원했다.

이럴 줄 알았으면 진작 버릴걸! 후회도, 미련도 이 정도면 다 했다 싶었다.

정신적 문제가 괜찮아지기까지 꽤 오랜 시간이 걸렸고 그동안 나에겐 많은 변화가 있었다.

우울증 일기 2

2018년 4월 4일

우울함은 예전보다 많이 나아졌다.

아니, 나아진 건지, 무뎌진 건지 모르겠다.

아직도 훅 하고 찾아오는 좌절, 불안은 여전히 힘들지만 이제는 또

왔구나 하고 받아들이는 방법을 바꾸니 한결 편해진 것 같다.

앞으로 해리성 장애, 몸 건강. 그리고 집중력 저하 문제의 극복 방

법이 무엇인지 하나하나 찾아 해결해야 한다.

몰아붙이지 말자. 천천히 한 걸음씩 가 보자. 아주 처언천히.

2018년 4월 19일

상태가 많이 호전되고 있다.

지금처럼 다그치지 말고 조금씩 더 움직이고, 할 일을 해 보자.

독서, 운동이 도움이 많이 된다. 아직도 밤에는 힘들지만(극복 방법-저녁에는 혼자 생각 안 하고 대신 독서하기, 저녁에 한 생각 무시하기) 낮에 최대한 체력 소모를 해서 저녁에 잡념이 안 들게 하자. 일어나는 시간도 일정하게, 하나씩 좋은 습관을 만들자.

2018년 4월 30일

눈물이 난다. 이번엔 안도, 긍정의 눈물이다.

독서를 하면서 어느 정도 정신적 안정이 된 후에 육체적 건강에 대한 문제를 어떻게 해결할 수 있을지에 대해 고민을 했다. 그러다 자연 식물식이라는 식습관을 실천하고 나니 이제까지 왜 이렇게 쓰레기 같은 음식을 먹어서 살찌고, 건강 버리고, 그것이 정신적 문제까지 가게 됐을까 하는 생각을 했다.

어쩌면 지금이라도 좋은 식습관을 찾은 게 다행이라고 생각한다.

이제 굶고, 무리한 운동으로 건강이 아닌 오직 살을 빼기 위한 안좋은 방법은 바이바이다.

다이어트에 주로 쓰였던 의지를 조금 더 발전적인 곳에 쓰일 수 있게 된 것이 기쁘다. 앞으로의 내가 어떻게 변화할지 기대가 된다.

2018년 7월 2일

알바도 시작하고, 만복이도 데려오고, 지금 내 상태는 확실히 안정기인 것 같다.

마음이 추슬러지니 몸도 자연스럽게 좋아지지만 조금 더 노력해야 할 부분이다.

아직 안주하긴 이르니 계속 정신적인 부분을 관리하면서 이제는 내가 해야 할 일을 조금씩 해 보자.

너무 급하게도, 너무 게으르게도 말고 그냥 꾸준히 하자.

정말 다행이고, 정말 잘 버터 줬다.

새 인생 사는 거라 생각하고 쫄지 말고 도전해 보자.

2018년 12월 31일

올해의 마지막 날이다.

누군들 한 해가 아쉽지 않겠냐마는 그냥 아무것도 한 게 없다. 우울

하고 착잡한 기분이다.

현실을 피하려고만 했지, 제대로 된 노력은 없었다.

악습관의 반복으로 20대를 다 보낸 것 같다.

욕심만큼의 노력이 없으니 매일 반복되는 자책으로 성격도 안 좋

아진 것 같다.

주위 사람들에게 피해만 끼치는 것 같고.

다시 일어날 의지가 없다.

내년이면 스물아홉인데 내 밥벌이도 못하고 이불 속에만 있었던

내가 한심하지만 날 믿어 주는 사람들을 위해서라도 지나간 일은

잊고 천천히 꾸준히 해 보자.

어쨌든 올해도 잘 버텼다.

08 청개구리

"성은아!"

"야, 뛰어!"

"성은아! 너 이리 안 올래!"

한밤의 추격전이 펼쳐지고 있는 배경은 내가 16살 즈음, 우리 집 근처.

그 추격전이 일어나기 한 시간 전쯤, 저녁을 먹고 난 뒤에 나는 설거지하는 엄마의 눈치를 슬쩍 봤다. 배도 불렀겠다, 친구들과 나가 놀고 싶은데 이 시간에 나간다고 하면 분명 엄마의 반대에 부딪칠 게 뻔했기에.

짱구를 굴려 아주 치밀한 계획을 짜기 시작했다.

갈아입을 옷을 가방에 넣고 내 방 창문 밖으로 던진다. 떨어지는 가방은 미리 섭외한 옆집 사는 친구가 받아 주고, 나는 태연한 얼굴로 엄마에게 아이스크림을 사러 마트에 다녀온다고 하며 나간다.

잠옷 차림이니 별다른 의심은 하지 않을 것이다. 이 정도면 인천상륙작전에 못지않은 잘 짜인 야간 탈출 작전이 아닌가!

그렇게 엄마를 속이고 나와 친구와 가벼운 발걸음으로 걸어가고 있던 그때!

"성은아!"

저만치 뒤에서 날 부르는 익숙하고도 날카로운 목소리가 들려왔다.

엄마의 촉은 소름 끼치게 정확했다. 아무래도 낌새가 이상했던 건지 마트에 간다는 나의 뒤를 따라온 것이었다.

"야, 뛰어!"

작전이 실패했다는 걸 급하게 깨닫고 무슨 정신인지 친구와 무턱대고 뛰기 시작했다.

그렇게 1분여를 뛰다 정신을 차리니 문득 후환이 두려웠다. 뛰어가던 발걸음을 멈춰 다시 터덜터덜 엄마에게 걸어갔다.

내 기억이 맞는다면 그날 밤 엄마의 꾸지람은 꿈속에서까지 계속됐던 것 같다.

사실 이전에도 이런 사건이 몇 있었다.

유치원 시절, 며칠 다니지 않은 피아노 학원에 가기 싫다고 떼를 쓰다 엄마한테 혼나고 억지로 가던 중 도저히 가기 싫었던 건지 학원이 아닌 놀이터로 발길을 돌렸다.

내가 학원에 안 왔다는 전화를 받은 엄마는 그날 역시 목청껏 내 이름을 부르며 나를 찾아다녔다. 일명, 놀이터 가출 사건.

엄마의 목소리가 커지면 커질수록 난 놀이터 동굴로 더 깊숙이, 깊숙이 숨었다. 어두컴컴한 동굴에 숨어 나를 찾는 엄마의 외침이 숨바꼭질 놀이를 하는 것처럼 느껴졌던 건가? 지금 와서 생각해 보면 그때의 난 그 상황을 즐겼던 것도 같다. 아주 조금은.

이렇듯 어렸을 적의 난 잡으려 하면 이리 튀고 또 잡으려 하면 저리 튀는 어디로 튈지 모르는 청개구리 같은 아이였다.

지금은 집을 나가는 등 부모님의 속을 썩이는 행동은 하지 않지만(아니, 사실 내 존재 자체가 속을 썩이는 것인지도 모르겠다만) 간혹 숨어 있던 청개구리 기질이 꿈틀거릴 때가 있다.

"왜 그렇게 먹어? 탕수육은 찍먹이지."라는 식의 일상적인 것부터 살면서 분명히 생각해야 할 학교, 직장, 결혼, 출산 등의 조금 더 무거운 문제들까지

취향이나 의견이 아닌, '이건 분명 날 가두려고 다가오는 강요의 그림자다!'라고 느낄 때면 그들 손에 잡히기 싫어 어디론가 폴짝 뛰어 버린다. 누군가가 날 강하게 쪼이면 쪼일수록 더 멀리 도망가고만 싶다. 그런 사람은 대부분 나이가 많거나 내가 잘 보여야 하는 경우가 많아 마음을 숨기기 위해 입으론 맞장구치며 웃어 주지만(사회생활은 또 잘하고 싶으니…). 그 외 모든 얼굴 근육은 철저히 굳어 있다. 대들어 이야기하기에는 쫄보인 편이고 '네네, 님이 하시는 그 말이 다 맞아요.'라고 생각하기에는 순종적이지는 않나 보다.

09 별표 다섯 개

∞∞∞∞ 나를 안다는 것

한때는 다리에 쫙 달라붙는 스키니 진이 유행이었다. 보기만 해도 숨이 막히는 바지를 너도나도 입고 다녔다. 시간이 지나 다른 사람들이 통 넓은 바지를 즐겨 입을 때에도 나는 스키니 진을 계속 입었다(유행에 한 발자국씩 뒤처지는 편이다). 친구들이 제발 좀 그만 입으라고 다른 바지를 선물해 줄 때까지 말이다.

옷에 대한 유행을 따라갔다가 아니라면 다른 옷을 찾아 입으면 될 문제지만, 삶의 유행에 대해서는 조금 더 신중해야 한다.

나는 왜 경찰이 되고 싶었을까? 학창 시절의 장래 희

망란에는 'CEO'라고 적었다. 당시에는 아무 생각이 없었다. 꿈이란 게 막연하기만 했다. 이렇듯 경찰이 어렸을 적부터 꼭 하고 싶었던 것도 아니고, 해야 하는 이유가 있었던 건 아니다. 그런 내가 무슨 사연이라도 있는 사람처럼 왜 8년이나 이 시험에 매달렸을까.

삶에 대한 유행. 그 당시 직업 선택 부분에서의 큰 흐름은 공무원 시험을 보는 것이었다. 우리 학과 반절이 넘는 학생들이 공무원 시험을 준비하거나 할 생각이 있었고, 학교에서도 공무원 시험 준비에 대한 강연 등의 프로그램을 수시로 진행했다. 학과로 들어서는 곳엔 매년 공무원 시험 합격자들의 이름이 펄럭거리고 있었다.

왜 다들 그렇게 공무원이 되려고 했을까? 왜 안정적인 것이 직업 선택의 이유 중 가장 큰 자리를 차지해야 될까? 노량진으로 가는 것이 유독 한국의 젊은이들에게 유행인 이유가 뭘까?

누군가는 사회가 불안하니 안정적인 직업을 찾게 되는 거라고 말했다.

정기예금 평균 금리 1.7프로 시대에 월급 200, 300만 원을 벌어서 집 한 채 사는 게 얼마나 어려운지 아는 지금은 공무원도 마냥 안정적이지만은 않겠구나 싶지만, 그때 당시엔 공무원이 되면 모든 일이 다 해결될 것만 같았다. 아니 당시엔 나는 안정적인 것보다 사명감을 갖고 할 수 있는 일을 하고 싶다고 말했다.

'내가 진짜 사람들을 도와주는 일을 하고 싶었을까?'

처음 노량진에 올라왔을 때 경찰이 되고 싶었다는 마음이 진심이었는지, 유행을 따라간 건지, 아니면 합격하지 못해서 진심을 부정하고 있는 건 아닌지 곰곰이 생각해 봤다.

결론은, 안정적인 게 좋다고 하니 그 흐름에 탈 명분을 만들기 위해서가 아니었을까?

사람들을 도와주는 직업을 하겠다는 나름의 의미를 부여해 공무원을 하겠다고 한 거였을 수도 있다. 사명감? 개뿔. 일한 만큼의 대가를 받고 싶고, 조금만 다쳐도 동네방네 소문내고 다니는데, 다른 사람을 위해 때로는 다치는 것까지 감수하며 일할 수 있는 사람인가, 내가?

사실 그 마음이 진심이든 진심이 아니었든 상관없었다. 가볍게 시작한 일이 진심이 될 수도 있고, 정말로 하고 싶었던 일이 막상 해 보니 나에게 맞지 않을 수도 있기 때문이다. 하지만 어떤 경우든 나를 알지 못한다는 건 문제가 된다. 그렇게 휩쓸려 온 노량진에서도 마찬가지였다.

언니들을 따라 대여섯 시간만 자고 빨개진 눈으로 학원에서 꾸벅꾸벅 졸다 정신 차리기 바빴고, 하루도 안 쉬고 공부해서 붙었다는 합격 수기를 보고 쉬는 날 없이 달리다 퍼지길 반복했고, 옆 사람은 얼마큼 공부하는지, 필기구를 뭘 쓰는지, 심지어 무슨 간식을 먹었는지도 기억날 정도로 자주 신경을 써 가면서 오랜 기간 노량진 실강을 들었다.

몇 시간을 자야 다음 날 집중이 잘 되는지(적어도 일곱 시간 이상은 자야 한다), 합격 수기의 주인공만큼 독한 사람인지(절대 그렇지 못하다), 실강이 맞는지 인강이 맞는지(돈, 시간, 체력 등을 고려해 봤을 때 인강이 더 효율적이라고 생각한다)에 대한 파악이 전혀 없었다. 이렇게 나에 대해 잘 알지 못하니 남들 따라 하기 바빴다.

"나는 수영도 잘하고, 작은 보트도 있어."
"수영은 못하지만, 나에겐 오리발과 구명조끼가 있어."

"수영도 못하고, 가진 것도 없어."

나에게 어떤 약점이 있고, 어떤 능력이 있는지 알면 몰려오는 파도를 피해야 할지 넘어야 할지에 대한 판단의 정확도가 높아진다.

그렇게 된다면 적어도 백사장에 떼죽음을 당해 밀려온 물고기 신세는 면할 수 있었을 것이다.

생각해 보니 나는 하고 싶은 게 많은 사람이었다. 음악을 만들고 싶어 키보드를 산 적도 있었고, 가사를 써 보겠다며 몇 권의 공책을 오그라드는 글로 가득 채우기도 했고, 기발한 사업 아이디어가 생각났다며 시장에서 쌀가루를 사 와 떡 반죽을 만든 다음 그 속에 크림치즈, 고구마무스 등을 넣어 만들어도 봤고, 댄스 학원도 잠깐(일주일인가?) 다녔었다.

꿈이 모호했던 건 하고 싶은 일이 많아서였을까? 만약 그렇다면 할 수 있는 일도 많다는 것이었다. 따지고 보면 '난 경찰이 꼭 돼야 해! 이거 아니면 안 돼!'라고 생각할 이유가 하나도 없었다.

'나에 대해 조금만 더 생각했다면 적절한 시기에 시험

을 그만둘 수 있었을까?'라는 생산적이지 못한 생각을
해 본다.

유행하는 옷이라고 해서 다 자기에게 어울리는 게 아
니듯 남들에겐 꽃길이 나에게는 가시밭길이 될 수도 있
다. 8년을 지나면서 안 사실은 키에 비해 짧고 통통한 다
리를 가지고 있는 나에게는 윤곽이 다 드러나는 스키니
진보다 슬랙스가 잘 어울린다는 것이다.

그리고 그것은 살면서 내가 알아야 할 중요한 사실이다.

10 개굴이

오랫동안 헤매며 걸었던 길에서 빠져나왔다.

하고 싶은 다른 일에 대해 생각하면, 저기 먼 언덕 너머의 막연한 곳을 보려고 하는 것 같아 미간이 찌푸려졌다.

모든 걸 내려놓자. 시험도, 대단한 사람이 될 수 있을 것이라는 욕심도.

한결 가벼워진 마음으로 바로 눈앞에 보이는 일부터 해 보기로 했다. 몇 년 만에 집 밖으로 나와 할 수 있었던 일은 편의점 아르바이트였다.

집에서 5분 거리의 편의점에 도착해 시재를 맞춘 다음, 오전 근무자와 교대를 한다. 손님이 뜸한 시간에는 학생들로 구성된 라면 부대가 휩쓸고 간 자리를 수습해야 한다. 테이블에 남아 있는 면발과 국물 자국을 처리하고 쓰레기통을 확인한다. 역시나 목표 지점에 골인하지 못한 라면 스프 봉지 몇 개가 널브러져 있다(애들아, 조준 좀 잘하자).

예정된 시간에 탑차가 도착한다. 내 키만 하게 쌓인 물건 박스가 들어오면 진열을 시작한다. 아이스크림과 얼음 먼저, 그다음 물건들도 선입선출! 흔히 편의점 아르바이트하면 계산대 앞에서 있는 모습을 생각하지만(주 업무이긴 하다) 청소와 물건 진열 등의 더 힘들고 번거로운 일도 많이 한다. 일선 경찰관들이 범인을 잡는 것보다 주취자를 상대하고 경찰차에 뿌려진 남의 오바이트 뒤처리를 더 빈번하게 해야 하듯이 말이다.

단순한 업무들이었지만 꽤 할 일이 많았다. 몸을 바삐 움직이니 확실히 잡념은 줄었다.

저녁 10시. 교대해야 하는 시간에 야간 아르바이트가 늦잠(?)을 자서 연락이 안 되는 날이 종종 있었다. 곤란해하는 점장님이 짠하기도 해서 몇 번은 대신 야간 아르바이트를 한다고 했다. 열네 시간 밤샘 아르바이트가 무리

이긴 했지만 어차피 집에 가 봐야 할 일도 없고, 조금 더 늘어날 이번 달 월급을 생각하면 하루쯤 밤새워서 일하는 것도 괜찮겠다 싶었다.

'이때 아니면 언제 이렇게 해 보겠어!'

이런 갑작스러운 위기가 닥쳐 고생을 해야 할 때면 이상하게 긍정적인 기운이 나온다.

간간이 오는 손님을 제외하면 새벽 시간의 편의점에는 나 혼자뿐이었다. 편의점 아르바이트를 시작한 지도 벌써 6개월이나 지났다. 시간의 속도에 새삼 또 놀랐다.

물건이 빠진 자리에 다시 물건이 채워지고, 더러워진 테이블과 바닥은 다시 깨끗해졌다. 6개월 동안 편의점은 '그대로'를 향했다. 포스(POS)기를 조금 더 능숙하게 두드린다는 것 외에는 나도 그대로였다. 야간 아르바이트가 못 나온 자리에 내가 채워졌고, 또 누군가가 내 자리를 채우면서 그렇게 유지될 듯싶었다. 이제는 편의점 아르바이트만 하고 있을 수는 없다고 생각했다. 조금 더 나아가고 싶었다.

다른 일을 해 보기로 했다. 다음으로 구한 일은 학원

알바였다. 면접 당일, 원장님과 만나기로 한 카페. 나와 다른 지원자 한 명이 앉아 있었다. 그 지원자의 전공이 국어국문학이었나? 암튼 교육 쪽이라고 하기에 나는 망했구나 싶어 체념하고 있었다. 먼저 그 지원자가 면접을 보고 간 뒤 원장님은 나에게 몇 가지를 물어보더니 "그럼 내일부터 나올 수 있어요?"라고 하셨다. 쿨하게 진행되는 상황에 '오잉? 원장님이 많이 바쁘신가… 내가 어떤 사람인 줄 알고 이렇게 바로 채용을 하지?'라고 생각했다. 기대를 버리면 좋은 일이 생길 때가 많다.

어찌 됐든 학원에서 아르바이트를 시작했고, 처음에는 초, 중등부 아이들의 학습을 돕는 일을 했다. 아이들은 모르는 단어나 어려운 문제를 들고 왔다. 국어나 사회 같은 문과 쪽은 쉽게 답할 수 있었지만 수학, 과학 등 이과 과목의 문제를 들고 오면 난감할 때도 많았다. 피타고라스 공식 등이 뭔지도 가물가물할 정도로 수학을 놓고 살았으니. 그럴 땐 대부분 모르겠다고 말하고 과목 선생님과 연결해 주었지만 뒤에서 몰래 검색해 알려 준 적도 있었다(힛ㅋㅋ).

한번은, 초등학교 저학년들의 받아쓰기 시간이었다.

연필, 개구리, 칠판. 아이들은 불러 주는 단어를 바로 또는 잠깐 고민의 시간을 거친 뒤 꼼지락꼼지락 받아 적었다. 1번에서 20번까지 적은 답안지를 걷어 채점을 하는데, 개구리를 '개굴이'로 잘못 써 놓은 한 아이의 답안지를 보고 웃음이 터졌다. '개굴이'라는 단어가 너무 귀여웠다. 빵 터져 버린 웃음은 다른 아이들의 관심까지 불러 모았다.

"개구리에겐 개구리보다 개굴이가 훨씬 더 잘 어울리는데?"

"그럼 맞았다고 해 줘요!"

조르는 아이의 말을 가볍게 웃어넘겼다.

당시엔 그 아이의 독창성보다 다른 아이들과의 형평성이 더 중요했기 때문에 작대기를 그었지만 아이의 필기체로 쓰인 그 단어가 너무 매력적이어서 사진까지 찍어 놨다.

"개굴이? ㅋㅋㅋㅋ."

그렇게 학원이 끝나고 집으로 가는 길에도 개굴이라는 단어를 계속 곱씹었다.

'개구리와 아이의 순수함이 만나면 이렇게 재밌는 단

어가 나올 수 있구나.'

'나도 그렇게 순수할 때가 있었나?'

순수함을 생각하니 왠지 모르게 쓸쓸했다. 순수했을 때가 가장 즐거웠던 것 같은데 다시는 그때로 돌아갈 수 없으니 말이다. 그때로 돌아갈 순 없어도 그때처럼 재밌게 살 수는 없을까? 그때처럼 순수하게 살 수는 없는 걸까? 순수한 게 뭐 길래 그렇게 즐거웠던 걸까?

"아유, 우리 제시카는 어려서 뭘 몰랑, 순수행!"

영화 '기생충'에서의 한 대사다. 우리는 흔히 몰라서 순수하다고들 이야기한다. 몰라서 순수하다? 그럼 알면 순수하지 않은가? 알아도 순수할 수는 없는가? 알아도 순수한 거면 모르는 척하는 건가? 모르는 척하는 건 순수한 게 아닌 것 같은데.

이제 서른 살이 넘은, 알 거 다 아는 나는 어렸을 때처럼 순수하게 사는 것이 불가능한 건가?

몇 년 동안 소식이 없던 친구가 갑자기 연락이 왔을 땐 그 친구의 결혼 소식인 건가 의심해 보지 않을 수 없고, 뼈를 묻을 각오로 일하기엔 회사는 나를 책임져 주는 곳이 아니며, 건강 증진 이외에 다른 목적이 있는 산악,

자전거 동호회도 많고, 부모님 장례식장 화장실은 종종 유산 상속 문제의 격한 토론의 장이 된다는 걸 알아 버렸 지만… 그래도 순수하게 살고 싶었다.

네이버 국어사전에서 뜻을 찾아보았다.

순수하다(純粹하다)

1. 전혀 다른 것의 섞임이 없다.

2. 사사로운 욕심이나 못된 생각이 없다.

첫 번째 뜻의 순수함을 갖기엔 이미 사회의 때가 묻어 버렸지만 두 번째 의미라면 충분히 가능성 있는 일이다. 그렇게 산다면 어릴 때처럼 즐거워질 수 있을 것 같다.

내 능력에 대해 선을 긋지 않고, 다른 사람을 함부로 판단하려 들지 않으며, 세상에 대한 호기심을 잃지 않는 백발이 잘 어울리는 할머니가 되었으면 좋겠다.

순수하다는 것이 그런 의미라면 100세 순수 시대가 충분히 가능할지도 모를 일이다.

우울증 일기 3

2019년 2월 1일

새해가 시작되고 벌써 한 달이 지났다.

역시 내 삶은 달라진 게 없다.

무기력, 우울, 나태, 의지 고갈.

하지만 그래도 이 모든 것이 너무 많은 생각과 의욕, 자제로부터 생

긴 것이라는 원인을 파악했다.

자! 그러면 시도해 보자.

뭘 하려고 or 안 하려고 애쓰지 말고 조금씩 습관화시켜 의지가 없

어도 자연스럽게 행동하게 하자. 더 이상 자책하지 말고.

아주 조금씩, 천천히 시작하자.

사소한 것에 행복을 느끼고 긍정적으로!

2019년 2월 5일

내려가는 데 끝이 없듯이, 올라가는 데도 한계를 두지 말자.

할 수 있다는 것에 대해 의심하지 말자.

하루하루에 집중해 살아간다면 그걸로 충분해. 새해 복 많이 받자!

2019년 2월 27일

어떠한 일을 시작할 때 처음부터 너무 열정에 앞서 일을 그르치지

말자.

마음의 평형을 잘 유지해서 한 걸음 한 걸음 나아가야 한다.

난 지금 하고 싶은 게 생겼고 그것을 향해 노력할 것이다.

한 가지만 약속하자.

새로운 길을 가는 여정에 예상치 못한 고난, 미래에 대한 두려움 따

위에 너무 마음 쓰지 말자.

때에 따라 그 상황을 긍정적으로 받아들이고 그 자리에서 할 수 있

는 최선을 다하자. 편안하게.

처음부터 완벽하고 잘하는 사람은 없다. Keep going!

2019년 3월 13일

유튜브에 영상을 올리기 시작한 지 약 2주가 되었다.

구독자는 없지만 1년 동안은 그런 것에 신경 쓰지 않고 좋은 영상을 업로드하는 것에만 전념하자.

지금 하는 일이 나중에 어떻게 될지는 모르겠다.

다만 이 일이 재밌고, 지금 내딛는 한 걸음 한 걸음이 쌓여 좋은 일들이 만들어질 것이라는 기대감이 있다.

이제 시작이고 앞으로 헤쳐 나가야 할 일들이 많을 것이다.

흔들리되 뿌리 뽑히지 않으려면 내실을 잘 키워야 한다.

누가 뭐라 하던 난 이 길을 걷기로 결심했다.

거북이처럼 천천히, 꾸준히.

11 유튜브

∞∞∞ 재능에 관하여

큰 동기나 목표가 있어서 시작한 건 아니었다. 유튜브 보는 걸 좋아했다. 남들이 타는 놀이 기구를 구경하는 것도 즐겁지만 직접 타 보면 더 재밌을 것 같은 일종의 호기심이었을 것이다. 사실 출발점이 어디였는지 기억이 잘 안 날 정도로 자연스럽게 발을 담그게 됐다고 하는 게 더 맞을 것 같다.

첫 영상은 김만복 영상이었다(만복이는 나의 고양이고, 그의 이름은 '만땅 행복'의 첫음절과 끝음절을 따서 만든 이름이다). 몸에 있는 모든 에너지가 다 떨어져 바닥을 기고 있었을 때, 시선을 맞출 수 있는 똘망똘망한 생명체가 들어왔고, 덕분에 나에게도 생기가 생겼다. 만복이를 촬영하고 편집하는 것은 아주 행복한 취미가 될 수 있겠다고 생각했다. 장비는 하나. 휴대폰 카메라로 찍은 다음 편집 앱을 다운받아 이것저것 만져 보며 영상을 만들었다. 3분짜리 영상을 편집하는 데 꼬박 하루가 걸렸다. 어설픈 영상을 완성한 것에 뿌듯해하며 그 영상을 몇 번이고 돌려 봤다. 그렇게 시작한 만복이 영상, 다이어트 일기, 여행 브이로그 등 그때그때 관심사에 따라 다양한 영상을 계속 만들어 올렸다.

몇 달 뒤 알바로 들어갔던 학원에서 정직원 계약서를 쓸 무렵, 유튜브 채널에 이상한 기류가 나타났다. 400명이었던 구독자 수가 1,000명… 그리고 2,000명이 된 것이다. 하루에 두세 명씩 늘어나는 구독자를 보며 소소한 재미를 느끼고 있었는데, 3,000명… 그러다 5,000명! 이 정도에서 멈추겠지 했는데 며칠 만에 8,000명을 찍고 BOOM!!! 만 명이 넘어 버린 것이다. 알고리즘의 신이 나에게 손을 내밀었다. 말로만 듣던 떡상이었다.

그 영예의 영상은 공무원 불합격 수기가 담긴 '8년간의 이야기'다. 2021년 1월 기준, 조회 수 140만 뷰를 뛰어넘을 만큼 많은 사람이 그 영상에 관심을 갖고 공감하며 본인의 이야기를 풀어냈다. 쉴 틈 없이 댓글이 달렸다.

"8년 동안 한 거면 대단한 거다.", "그 정도의 끈기면 앞으로 뭘 하든 잘할 거다."라는 응원의 댓글과 "입 발린 소리 하지 마라! 그 정도면 머리가 멍청한 거 아니냐.", "공부에 재능이 없다."라는 비난의 댓글이 서로 치고받기도 했다.

영상에서도 잠깐 언급했듯이 중간에 다시 학교로 돌아가 졸업도 했고, 정신적인 문제를 해결하는 시간도 길었기 때문에 8년간 온전히 공부만 한 건 아니었다. 그 영상으로 인해 받은 응원과 비난은 온전히 다 내 것은 아닌 것 같다는 생각이 들었다.

그렇다고 해서 이런 내용을 구구절절 댓글에 설명할 수도 없었고, 그 또한 하나의 이야깃거리가 되니 그냥 놔뒀지만 이 부분에 대해서는 한 번쯤 이야기하고 싶었다.

비난에 대한 서운함은 잠깐이었지만, 끈기를 응원하는 댓글을 봤을 땐 내 것이 아닌 물건을 갖고 있는 듯한 죄책감 같은 불편함이 꽤 오래 남았다.

아무튼 부모님과 친한 친구도 모를 정도로 소소한 취

미였던 유튜브가 뜻밖의 좋은 성과를 냈다는 게 얼떨떨하면서 기분이 좋았다. 상황은 달랐지만 대학교 시절 차석을 했을 때와 비슷한 느낌이었다. 좋은 성적을 받았다고 공무원 시험도 금방 붙을 수 있을 거라고 생각한 그때와 달리 이 영상 하나가 주목받았다고 100만 유튜버가 될 수 있을 것처럼 들뜨지 않기로 했다.

"영상 잘 만드네요.", "이 정도면 방송국으로 가야 하는 거 아닌가?", "영상에 재능이 있어요!"라는 댓글이 감사하고 기분 좋지만 한편으론 확실히 검열하고 받아들여야 한다고 생각했다.

영상 만드는 것이 재능인가? 진짜 나에게도 재능이 있을까?

몇 년 전 남동생이 요리사가 되겠다고 선언했다. 볶음밥 하나를 만들어도 항상 뭔가 부족한 맛. 남매 셋 중 요리에는 제일 소질이 없던 동생이 그런 말을 하니 "네가 무슨 요리를 해 ㅋㅋㅋㅋ"라고 놀리며 속으로 그냥 저러다 말겠지 생각했다. 2년쯤 지나서였을까 동생이 자신이 일하는 레스토랑으로 나와 여동생을 초대했다. 봉골레

파스타를 비롯해 마라 감바스, 막창 새우볶음 등, 다양한 음식을 직접 만들어 테이블에 내놓았다.

'오, 플레이팅은 그럴듯하고~'

반신반의하는 마음으로 포크를 들었다. 맛은 기대 이상이었다. 예전의 똥손 남동생이 아니었다. 그릇에 남은 소스까지 긁어 먹었을 정도로 맛있었다. 사심 좀 보태서 동생은 여느 유명한 레스토랑의 음식과 견주어도 손색없을 훌륭한 음식을 만들어 냈다.

재능 하나로 요리사가 될지 말지를 결정하기에는 하루 열두 시간씩 좁디좁은 주방에서 온갖 욕을 다 들어가며 일했던 시간과 손 곳곳에 남아 있는 칼에 벤 자국, 기름에 데어 화상 입은 흉터의 의미도 크다는 걸 다시 한 번 느꼈다.

냉철하게 판단해 본다면 영상 만드는 것이 나의 재능이라고 할 수는 없다. 영상 하나가 주목받은 건 운이었다. 그 영상이 많은 사람의 마음을 건드렸지만 그리 대단한 수준은 아니었다.

숨어 있는 재능을 찾기 위해 다양한 경험을 해 보고 싶었다. 그 일에 대한 재능이 없더라도 재미를 느낀다면 삶이 풍부해질 것이다. 나에게 영상 만드는 것이 재능인지는 잘 모르겠지만 재미인 건 확실했다.

유튜브의 순기능 중 하나가 돈 주고도 보기 힘든 유명한 공연을 방구석에서 편하게 볼 수 있다는 것이다. 평소 유튜브로 히사이시 조 오케스트라 공연을 자주 본다. 제목이 뭔지 모르고 볼 때도 있을 정도로 클래식에 대해서 잘 모르지만 여러 가지 악기가 모여 만들어진 소리를 좋아한다. 때론 가벼운 대화를 주고받는 듯한 소리에 고개를 끄덕이다가도, 웅장하면서 꽉 찬 소리가 나올 땐 숨을 죽이며 그것에 빠져들곤 한다. 확실히 악기 하나로 연주하는 것을 들을 때와는 또 다른 감동이 있다.

바이올린, 플루트, 트럼펫 등 다양한 악기들이 모여 하나의 곡을 연주하듯 직접 촬영한 영상에 적절한 글과 음악이 더해져 하나의 결과물이 나오는 과정이 오케스트라와 비슷하다는 생각이 들었다. 이 부분에서는 이런 bgm이 나오고, 이 부분에서는 이런 글을 넣어야지 하면서 편집을 할 때면 마치 내가 지휘자가 된 기분이 들기도 한다.

가끔가다 영상, 글, 음악 이 세 가지가 기가 막히게 통

할 때면 "와, 이 부분 진짜 좋다!"라고 혼자 신나 하며 회전의자를 돌리며 놀기도 한다.

영상을 만들면서 소름이 돋은 적도 있었다. '나 살아 있다!'라며 자신의 존재를 확인시켜 주고 싶은 신경세포들이 요동치는 느낌이었다. 처음 느껴 본, 아니 어쩌면 잊고 살았던 것이어서 처음인 것 같은 신기한 감정이었다.

촬영하다 지칠 때쯤 들어와 편집하고, 편집하다가 뻐근해지면 다시 나가서 촬영하면 되니 밖에 있는 것도 좋아하고, 집에 있는 것도 좋아하는 나에게 꽤 잘 맞는 작업이기도 하다.

물론 영상 만드는 모든 과정이 즐겁지만은 않다. 하기 싫어 드러누워 있다가도 다시 몸을 일으킬 수 있는 건 영상을 봐 주는 사람들이 있기 때문이다. 진짜 친한 사람 몇 외에는 누군가를 진심으로 생각해 본 적 없었던 내가 종종 그들을 생각한다. 혼자 재밌어서 시작한 일이 이제는 영상을 만드는 이유에 그들이 아주 큰 자리를 차지하고 있다.

요즘은 예전보다 조회 수가 안 나와 주변에서 걱정을 한다. 그 부분에서는 더 노력해야 할 일이지만 초조하지 않은 이유도 꾸준히 영상을 봐 주고 댓글을 달아 주는 사람들이 있기 때문이다. '진심으로' 누군가를 고마워할 수 있는 마음이 뭔지 알게 해 준 그들을 위해 앞으로도 꾸준히 영상을 만들어 볼 생각이다.

재능에 관한 이야기를 하다가 딴 길로 샜다(글의 일관성을 지키는 것보다 그들에게 고마움을 전하고 싶은 마음이 더 커지는 바람에).

암튼!

재능은 중요하다. 재능이라는 것이 노력을 덜 하고도 잘할 수 있는 일이라면 재능 있는 일을 하는 게 여러 방면에서 수월하다. 어떤 분야에서는 그 일을 잘하기 위해서 반드시 재능이 필요할 수도 있다. 하지만 나는 어떤 일을 잘하는 사람보다 그 일을 누구보다 재밌어하는 사람이 되고 싶다. 그렇기 때문에 앞으로도 재능의 유무만 따져서 내가 하는 일을 결정하지는 않을 것 같다.

음악에 재능이 있는 사람은 어렸을 때부터 음악을 들었을 것이고, 미술에 재능이 있는 사람은 다른 사람보다 그림을 많이 보고 그렸을 것이다. 또 말하거나 쓰는 것에 재능이 있는 사람은 그에 관련된 부분을 많이 접했을 것이다.

그 분야에서 선천적으로 타고난 재능이 필요한 것이 아니라면(혹시 그런 부분에서 재능이 없다면 빨리 미련을 버리는 게 편할 수도 있다) 재능도 만들 수 있는 것이다. 그렇게 믿고 싶다.

그렇게 된다면 '아, 나는 여기에 재능이 없어.'라며 해보지도 않은 것을 포기하는 일은 없지 않을까?

재능의 시작은 재미일 수도 있는 일이다.

우울증 일기 4

2019년 4월 7일

요즘은 하루하루가 재미있고 행복하다.

돈을 많이 벌었냐고? 직장을 찾았냐고?

다 아니다.

다만 내가 즐기면서 할 수 있는 일을 찾았을 뿐이다.

결과가 어떻든 하루하루 내가 재미있는 일을 하니 행복이 몸으로

느껴진다.

이제는 성장하는 데 집중하자. 지금 해 온 것처럼 꾸준히. 비교x.

조급x.

잘 견뎌 내 줘서 고맙다.

2019년 6월 8일

이제는 좀 독해져야 할 필요가 있다.

철저한 자기 관리(운동, 독서, 영어)와 성장(유튜브)을 해야 할 때다.

감상에 젖지 말자. 자기 합리화 Nope!!

생활을 단순화하고 쉴 때 쉬고 할 땐 하고.

2019년 8월 10일

구독자 만 명.

생각보다 빨리 올해 목표를 이루었다.

이건 실력이 아니라 운이다.

주 1회 영상 업로드 목표로 꾸준히 가자.

열심히 하려고 하지 말자.

열정은 금방 식는다. 그냥 아무 생각 없이 하자. 열정보다는 역시

꾸준함.

편안한 마음으로 꾸준하게!

12 콤플렉스

<small>∞∞∞∞ 싫어하는 것이 아닌 잘하고 싶은 것</small>

튀어나온 눈, 반듯하지 않은 코, 작은 입.

이러한 외모 때문에 어렸을 때부터 친구들은 이름보다 '붕어'라는 별명으로 더 많이 나를 불렀다.

이런 내 얼굴에 대해 콤플렉스가 있냐고 묻는다면?

다행히도 나는 내 외모에 대해 관대한 편이라고 대답할 것이다. 확 마음에 드는 부분은 없으나 그렇다고 해서 딱히 싫은 부분도 없다. 외모로 먹고살 일은 없을 것 같고, 한두 군데 고친다고 확 예뻐질 것 같지도 않으니…. 이렇게 태어난 거, 대충 살자는 생각이다.

진짜 나의 콤플렉스는 다른 곳에 있다.

대학교 면접 날.

면접관님이 생활기록부에 있는 성적을 확인하더니 "좋아하는 과목만 열심히 했나 봐요?"라고 말했다. 그 말은 곧 "영어 공부는 왜 안 했어요?"라고 묻는 것임을 나는 단번에 알아차렸다. 그도 그럴 것이 다른 과목과 영어 성적의 차이가 꽤, 아니 많이 컸기 때문이다.

미리 예상한 질문이었지만 막상 면접장에서 치부를 쑤시는 질문이 훅 들어오니 머리가 새하얘졌다. 준비했던 답변을 말하지 못하고 차분히 모아 놨던 두 엄지를 분주하게 움직이며 우물쭈물하니 옆에 있던 면접관님이 "학교 들어오면 열심히 할 거죠?"라고 다시 한 번 질문을 해 주셨다. 나는 얼른 고개를 끄덕거리면서 "네, 열심히 하겠습니다."라고 대답했다.

전생에 천사가 아니었을까?

그 순간만큼은 재차 질문을 해 준 면접관님의 뒤에 후광이 비치는 것 같았다.

영어와 악연을 맺게 된 건 중학생 시절, 한 영어 수업 시간이었다.

선생님은 칠판 앞에 서서 다양한 알파벳을 조합해 문장을 만들고 있었고, 그 틈을 타 난 책상 밑에서 부모님을 졸라 산 최신 휴대폰을 만지고 있었다. 그렇게 정신이 팔려 있던 중, 축지법이라도 쓰신 건가…. 분명 앞에 계시던 선생님이 어느새 내 옆에 와서 손을 내밀고 있었다. 그렇게 소중한 휴대폰은 내 손을 떠났다.

그때부터였다. 내가 영어를 손에서 놓게 된 게.

영어 선생님에게 새로 산 최신 휴대폰을 뺏긴 중학생 김붕어는 이제 영어 공부를 하지 않겠다고 다짐한다!

그때까지 부모님이 쏟아부은 '모 선생' 영어 학원비가 공중으로 흩뿌려지는 순간이었다. 사춘기 시절의 멍청한 반항으로 영어 공부를 안 하기 시작했고, 안 하니까 못하고, 못하니까 더 하기 싫어지는 악순환의 반복이 계속됐다.

고등학교에 올라와서도 영어 발표를 시키려고 할 때면 거북이처럼 목을 푹 집어넣고 믿지도 않는 하느님, 부처님 다 불러 가며 내 이름이 호명되지 않기를 간절히 기도했던 것 같다.

그때는 몰랐다. 영어를 못한다는 것은 글로벌 시대에 사는 한국인, 특히 공무원 시험 준비를 하는 사람에겐 상당히 불리하게 작용한다는 것을.

당장 대학교에 들어가면서부터 토익 점수가 기준에 못 미쳐 성적 장학금을 날려야 했고(심지어 전액 장학금이었다), 공무원 시험공부를 하는 처음부터 끝까지 영어는 내 발목을 잡았다.

유튜브 영상에 영어 자막을 다는 데 일정 비용을 지불하고 있는 지금도 '어렸을 때 영어만 해 놨어도 얼마를 아낄 수 있었던 거야….'라며 책상 구석에 먼지 쌓인 채 박혀 있는 영어 회화 책을 힐끔 쳐다보곤 한다.

일상생활을 하면서 영어를 못해 불편한 점은 없다.

당장에 쓸모가 없으니 우선순위에서 밀려나 하루 계획의 제일 마지막 줄에 있는 영어 공부는 하면 뿌듯하고 안 해도 상관없는 것이 되었다. 계획표 줄을 꽉꽉 채우기 위한 장식 계획인 것 같기도 하다(아침에 하루 계획을 짤 땐 이것저것 다 할 수 있을 것만 같아서…).

그럼에도 불구하고 오늘 할 일의 가장 마지막 줄에 영어 공부를 빼놓지 않고 적는 건 지금은 영어가 싫은 게 아니라 잘하고 싶은 것이기 때문이다.

버킷 리스트

1...

2...

3...

4. 해외여행 가서 번역기 안 쓰고 외국 사람들과 쌀라
쌀라 대화하기.

5...

6...

7...

Would you care for some coffee?

13 장애물

∞∞∞ 저리 가, 해파리

    자유롭게 헤엄치고 싶은 내 앞에 종종 걸리적거리는 해파리 같은 사람들이 등장한다.

    "애인은 있어? 결혼은 언제 하려고?", "안정적인 직장을 좀 찾아봐."라는 말도 모자라 아이를 낳지 않는 것은 이기적인 생각이라는 등의 말을 들을 때면 약간의 불편함이 올라오다가도 내가 지금 잘못 살고 있는 건가 싶기도 하다.

    고3, 대학교 원서를 써야 하는 시기.

    상담을 위해 기대에 부풀어 교무실에 들어갔다가 좌절

을 흘리며 돌아오는 친구들을 보며 안타까웠고, 또 나 자신이 걱정스러웠다. 이미 후회하긴 늦었다. 인 서울은 이미 물 건너갔고, 어떻게 지방 국립대라도 비벼 보려고 노력했지만 그 자리는 나보다 공부에 더 많이 투자했던 친구들의 것이었다. 물론 내 자리가 없지는 않았다. 지방 사립대의 합격 통지서를 받았고, 원하던 경찰행정학과는 아니었지만 비슷한 과목을 배울 수 있는 법학과에 진학하게 되었다.

"남들 다 가니까."

인문계 고등학교에서 졸업하면 대학을 가는 것이 당연하다고 여겨졌던 그때. 지금에서야 대학이 나에게 진짜로 필요했던 건지에 대한 생각을 가끔 한다.

다양한 사람들을 경험했다는 것, 친척의 전자 소송을 도와줬다는 것, 공무원 시험 준비할 때 법 과목 판례 중 '~하지 아니할 수 없다'라는 식의 마무리에 대해 당황하지 않을 수 있었다는 것, 학원에 취업하려면 대졸이어야 했다는 것, 뉴스에서 소송 관련 이야기가 나왔을 때 고개를 끄덕일 수 있었다는 것.

나에게 대학은 아예 쓸모없진 않았다 정도로 마침표를

찍었고 '그 시간에 다른 걸 했더라면?'이라는 물음을 또다시 남긴다.

대학 졸업 후 공무원 시험을 포기하기까지, 흘러가는 대로 사는 건 딱 거기까지라고 생각했다.

학원을 그만두고 백수와 알바, 프리랜서 사이에서 오락가락하는 직업적 정체성이 모호한 상황이 계속되면서 문득 '이런 삶을 언제까지 지속할 수 있을까? 진짜 그들의 말처럼 안정적인 직장을 구해야 하는 게 아닐까?'라는 생각이 들기도 한다. 하지만 지금은 아니다.

매일 아침 만원인 버스에 올라타는 대신, 가고 싶은 곳으로 자전거 페달을 열심히 굴려 보자고 생각했다.

결혼과 출산에 대한 부분도 마찬가지다. 20대 초반에는 서른 즈음이 되면 친한 친구 중 그래도 한두 명은 결혼하겠지 생각했었다. 하지만 30대가 된 지금 단체 메신저 방에 있는 열 명쯤 되는 친한 친구들 중 결혼한 사람은 아무도 없다.

비혼주의가 늘어나면서 결혼을 하지 않겠다는 사람도 많이 있지만 나는 결혼 생각이 있다. 아니 '결혼을 절대 안 할 거야!' 정도는 아니라고 해야 더 정확하겠다.

나와 잘 맞는 사람이 있고(언젠간 나타나겠지?), 나에게 어느 정도 능력이 생기고(전세든 뭐든, 집 한 채 정도는 마련할 수 있을 만한), 아이를 낳지 않아도 상관없다(출산 문제에 관해서는 아직 더 생각해 봐야 한다)는 데 합의만 있다면 결혼을 해도 괜찮겠다 싶다.

한 사람과 평생을 산다는 것이 100명의 사람을 상대하는 것보다 더 어려운 일일 수 있지만 고맙고, 미안하고, 짜증나고, 애틋한 그런 복합적인 감정을 가지고 누군가와 함께 늙어 가는 삶이 매력적으로 느껴지기 때문이다.

어찌 됐든, 결혼을 하고 싶다는 것에 있어서도 무조건 해야 하니까 하는 게 아니라는 거다.

해파리들이 말하듯, 대학을 나와 안정적인 직장에 취업해 결혼하고 아기를 낳는 것이 누구에게는 행복한 삶일지도 모른다. 하지만 그렇지 않다고 해서 뭔가 문제가 있다거나 그런 삶이 불행한 건 아니다. 불법이 아니고 남에게 피해만 주지 않는다면 어떻게 살든 상관없는 일 아닌가?

삶의 방향성에 대해 누구보다 생각하고 고민하는 건 당사자 자신일 것이다.

그런 사람들에게 이래야 한다, 저래야 한다고 말하면서 자신들이 생각하는 삶을 살도록 밀어 넣는 건 폭력보다도 더 무서운 일이 될 수도 있다.

아무튼 앞으로 나아갈 생각 없이 그 자리에서 둥둥 떠 있는 해파리는 상당히 걸리적거리는 존재다.

14 100등

◦◦◦◦ 믿어 줄 사람이 단 한 명이라도 있다면

"사실 난 외계인이야."라고 이야기했을 때 내 말을 믿어 줄 사람은 몇 명이나 될까?

그전에, 평소 주위 사람에게 내가 믿을 만한 사람이었는지를 생각해 본다. 지금은 잘 모르겠지만 사춘기 때는 확실히 아니었던 것 같다.

반골 기질을 간헐적으로 표출하며 지내던 학창 시절 사춘기의 절정은 고등학교 1학년 때였다.

사춘기의 절정은 곧 성적의 바닥을 뜻하기도 했다. 중학교 때는 중·상위권이었던 성적이 정작 중요한 고등학교 1학년 때는 바닥을 쳤다. 다들 그랬겠지만 공부보단 노는 게 더 좋았고, 다 그렇진 않았겠지만 하루 종일 친구들과 함께 어울리는 것에만 집중했다.

간혹 학생 신분에 어울리지 않은 행동을 하다 걸려 아버지와 선생님을 마주하게 한 적도 있었다. 그렇게 한 번씩 사고를 치는 날엔 화가 잔뜩 난 부모님이 빗자루나 파리채, 또는 효자손같이 한 손에 쥐기 편한 단단한 무언가를 들고 있고, 그 앞에 있는 난 두 무릎이 땅에 닿은 채 잘못했다고 싹싹 비는… 장면이 어울리겠지만 그럴 때마다 우리 집은 항상 외식을 했다.

밥을 먹는 동안 가족 구성원 어느 누구도 그날 나의 잘못된 행동에 대한 언급은 하지 않았다.

엄마, 아빠는 어떤 마음에서였을까?

맛있는 음식을 먹으며 스스로 깨닫길 바라셨을까? 아니면 그 행동이 잘못됐다는 걸 누구보다도 내가 잘 알고 있다고 생각해서였을까?

발달학적으로 아이들은 어른들의 말을 듣지 않는다고 하니 밥 많이 먹고 얼른 커서 정신 차리라고 생각하셨을지도 모르겠다.

차가운 꾸지람 대신 따뜻한 음식을 사 주며 스스로 생각하게 해 준 엄마, 아빠의 교육 방식은 나에겐 아주 효과가 있었다. 신명나게 맞았더라면 그 체벌에 대해 생각하느라 잘못한 것에 대해 진지하게 생각하지 못하고 오히려 반항심에 더 어긋날 수도 있었을 텐데 말이다.

자고로 사춘기라 함은 '나는 누구인가?', '여긴 또 어디인가?'라는 고민을 한 번쯤 하며 신체적, 정신적 변화를 겪는 혼란스러운 시기라고 하는데, 부모님의 속과는 다르게 그 시절 난 아주 행복했다. 학창 시절 사진을 봐도 항상 웃는 얼굴이었다.

나 자신, 또는 다른 누군가를 책임지지 않아도 되는 나이에 난 그렇게 마냥 해맑은 아이였다.

한번은, 보습 학원에서 중·고등부 관리 교사를 했을 때였다.

출석 체크부터, 수납, 상담, 학습 지도, 특강, 환경 미화 등 학원 안에서 이루어지는 모든 것을 관리해야 했던 나는 다른 선생님들보다 아이들과의 소통이 많았다.

뭐 하다가 학원에 늦었는지, 오늘은 왜 기분이 안 좋은

지, 어떤 과목을 어려워하는지 등을 검토하며 상황에 따라 다독이거나 약간은 강압적으로 공부를 시켜야 하는 게 내 일이었다.

대부분의 중학생은 아이다웠다. 공부보단 게임과 아이돌을 좋아했고, 친구와의 관계가 무엇보다 중요했으며 외모에 관심이 많았다. 발랄한 아이들 사이, 유독 차분하고 시키지 않아도 자기 할 일을 알아서 잘하는 아이가 있었다. 이제 막 중학생이 됐다고 하기엔 풍기는 분위기가 묵직했다. 다른 아이들이 공부하기 싫다고 떼를 쓰듯 말하면 그 아이는 "옆에서 좋은 것만 하고 어떻게 살아!"라고 말하며 나의 잔소리를 대신해 주기까지 했다.

원장님은 종종 아이들에 관해 이야기해 주실 때가 있었는데 그 아이에겐 스스로를 책임져야 하는 말 못 할 사정이 있다는 걸 알았다.

그 후로 어린 나이에 일찍 철이 든 아이들을 보면 마냥 기특하고 대견해 보이지만은 않았다. 어른이 되면 세상은 족쇄를 풀어 주는 대신 책임을 얹어 준다. 벌써 어른의 짐을 짊어진 그 아이의 어깨가 무거워 보였다.

빨리 어른이 되고 싶다는 다른 아이들의 바람은 이루

어지지 않는 게 좋겠다고 생각했다.

　어느 날, 차분히 앉아 공부하고 있던 그 아이에게 물었다.

"나중에 커서 뭐가 되고 싶어?"

"사람이요."

　그 아이가 내 앞에서만큼은 투정을 부려도 좋겠다 싶었다.

　다시 나의 학창 시절로 돌아와 보면.

　그날의 즐거움을 위해 야자를 뺄 궁리를 하던 어느 날, 학교에서 공부하는 것보다 도서관에서 해야 집중이 더 잘된다는 핑계를 들고 교무실로 향했다. 혹시 몰라 다른 핑곗거리도 챙겨 간 정성이 무색하게 담임 선생님께서는 흔쾌히 허락해 주셨다.

　생각보다 빠른 허락에 속으로 '앗싸!'라고 외치며 가벼운 발걸음으로 교무실에서 나와 교실로 들어왔다. 그 후 몇 분이 지나 친구가 교실로 들어와 나에게 꽤나 자극적인 이야기를 전했다.

　내가 교무실에서 나간 뒤, 담임 선생님 옆에 있던 선생님이 '쟤 공부 안 하는 앤데, 놀려고 야자 빼는 걸 왜 이렇게 쉽게 허락해 주셨느냐' 하고 타박하듯 물었다는 거다.

그 말을 들은 난 공부는 안 하고 놀기만 하는 학생이 된 것에서 한 번, 우리 담임 선생님을 그런 학생의 야자를 쉽게 빼 준 헐렁한(?) 선생님으로 만들었다는 것에서 또 한 번 아찔하고도 확 끓어오르는 듯한 느낌을 받았다.

물론 놀려고 야자 뺀 것 맞지만 담임 선생님은 헐렁한 사람이 아니었다. 나를 믿어 준 대가로 다른 선생님의 타박을 듣게 한 것에 대해 죄송스러운 동시에 오기가 생겼다. 성적을 올려 타박을 했던 선생님의 코를 납작하게… 만들진 못하더라도 담임 선생님의 콧대는 세워 드리고 싶었다.

그날 이후, 옆자리 선생님의 말에 대한 반항으로 진짜 도서관을 가기 시작했다.

시험이 얼마 남지 않은 상황. 끈기는 부족했지만 집중력이 좋았던 나에게 벼락치기는 생각보다 잘 맞았다. 공부하다 허기지면 친구들과 3,000원씩 모아 도서관 벤치에서 탕수육을 시켜 먹고, 자판기에서 500원짜리 커피를 뽑아 다시 열람실로 들어가 공부를 했다.

그렇게 자정이 될 때까지 공부를 할 수 있던 것도 같이 할 친구들이 있었기 때문에 나름 재미를 느껴서 가능했던 일 같다.

그 결과 시험 성적은?

수직 상승을 했다. 약 100등 정도가 오른 것이다.

나무람은 간편하고도 즉각적인 효과가 있지만 믿음은 많은 시간과 인내가 필요하다. 적어도 나를 바꿀 수 있었던 것은 한순간의 나무람보다 지속적인 믿음이었다.

수고스럽지만 인스턴트식품 대신 매일 아침 집밥을 만들어 주셨던 부모님과 내 말을 믿고 흔쾌히 야자에 빠지는 걸 허락하고 기다려 주셨던 선생님은 이걸 알고 계셨겠지.

그 시절, 어쩌면 나는 나를 믿어 줄 사람이 누군지 알고 싶었기 때문에 그렇게 방황했는지도 모르겠다.

커서 '사람'이 되고 싶다던 중학생 아이에게 더 이상 바랄 건 없었다.

그냥 그 아이 옆에 믿어 줄 사람이 생기길 바랄 뿐이었다.

여러분한테는
여러분을 믿어 줄 사람이
몇 명이나 있나요?

15 기대 이론

목표를 정하지 않기로 했다

이제까지도 그랬지만 특히 지금부터 하는 이야기는 특히 과학적으로 증명되지 않은 순전한 나의 주관적인 생각이다.

1

나는 가끔 축구 경기를 본다. 축구에 그렇게 열성적인 편은 아니지만, 손흥민이 출전하는 토트넘 경기를 보는 것은 꽤 흥미진진한 일이다. 우리나라 사람이 세계적인 리그에서, 그것도 에이스로 뛰고 있는 모습을 보면 몸 푸는 걸 보는 것만으로도 감동이 밀려온다.

축구를 보게 되는 경우는 대체로 두 가지다. 새벽에 TV 소리가 나면 자다가 일어나 무심코 볼 때도 있고, 동생이 중요한 경기가 있다고 말해 준 날에는 맥주와 주전부리를 챙겨 각 잡고 볼 때도 있다. 중요한 건 후자의 경우로 축구를 볼 땐 이기는 경기가 거의 없었다는 것이다.

2

요즘 나의 행복 중 하나는 아침에 일어나 집에서 10분쯤 떨어진 공원에 도착해 간단하게 러닝을 한 다음 돌아오는 길에 아이스 아메리카노를 사 먹는 것이다. 날씨가 너무 추워 공원에 가지 않는 동안 카페가 새로 생겼다. 인테리어가 깔끔하고 세련된 카페가 낮고 오래된 건물이 많은 산동네에 떡하니 생긴 걸 보니 마치 깡촌에 단정한 원피스를 입은 서울 소녀가 온 것처럼 어울리진 않았지만 반가웠다. 무엇보다도 무슨 원두를 쓰는지 커피가 진짜 맛있다. 개인적으로 산미보다는 진하고 고소한, 그리고 약간의 초콜릿 향이 나는 맛을 선호하는데 취향에 딱 맞는 커피를 찾았다. 커피를 사서 한 모금씩 마시며 집으로 돌아오는 동안에는 이렇게 매일 사 먹을 바엔 집에 머신을 하나 살까 하는, 집에 도착하면 금세 잊어버릴 고민을 한다.

일주일에 한 번쯤은 아침에 일어나면 유독 커피가 당기는 날이 있다. 집에서 나오기 전부터 커피 마시는 것을 기대하며 운동을 나간다. 운동을 할 때도 빨리 카페에 가고 싶다고 생각하며 목표량을 채우기 위해 발에 더 힘을 줘 달린다. 운동을 마치고 카페로 향한다. 공교롭게도 그런 날은 카페가 닫혀 있다. 그렇게 유독 커피가 당기는 날에는 꼭 카페가 늦게 연다.

3

친구들에게 10년이 넘게 밀고 있는 이론이 있다.

일명 기대 이론. 간단히 말해 기대를 하면 안 된다는 이론이다.

서로 바빠 지금은 다 같이 여행 갈 일이 줄어들었지만 20대 때는 친구들과 종종 여행을 갔다. 여행의 재미 중 하나가 계획을 짜는 것이라고 하듯 어디로 갈 건지 거기에서 뭘 할지 뭘 먹을지에 대한 계획을 세우면서 설레기 마련이었다. 그럴 때마다 나는 "얘들아, 너무 기대하지

마."라고 하며 단체 채팅방에 초를 쳤다. 가기도 전에 기대를 너무 많이 해 버리면 막상 여행지에 가서 그만큼의 재미를 못 느낄 수 있다고 생각했기 때문이다. 그래서 보통은 계획도 기대도 필요 없는 즉흥 여행을 좋아한다. 자고로 여행의 묘미는 '예측 불허 돌발성'이다. 누굴 만날지 어떤 일이 생길지 모든 걸 다 예상하고 행동하는 건 한 번 본 예능을 또 보는 것만큼이나 지루한 일일 것이다. 실제로 철저히 계획하고 갈 때보다 그날 갑자기 훅하고 떠나 버리는 식으로 여행을 갈 때가 더 재밌고 기억에 남는 경우가 많았다.

이런 사소한 일뿐만이 아니다. 이제까지 내 인생에서 결과가 좋았던 일을 생각해 보면 내가 기대 이론을 주장하는 이유가 조금은 더 설득이 될 것이다.

최근 10년 동안 개인적 성취감은 별개로 놓고(그것조차 많이 없었긴 하지만 말이다) 결과만으로 봤을 때 그나마 제일 좋은 성과를 거두었던 적은 딱 두 번이다. 대학교에서 좋은 성적을 받았을 때와 유튜브 영상 조회 수가 100만 뷰를 찍었을 때. '내가 꼭 1등을 할 거야.'라거나 '이 영상은 잘 만들어서 조회 수를 늘려 봐야지.'라는 생각을 가지고 행동하지 않았다. 오히려 다른 일보다 더 가볍게 '그냥 한번 해 볼까?'라며 했던 일이었다.

오히려 공무원 시험을 준비할 때처럼 '꼭 합격해야지!' 라고 생각한 일은 안 되고 이렇게 그냥 별생각 없이 하게 된 일이 더 좋은 결과를 가져오게 되는 것이 정말 아이러니한 일이다.

왜 기대를 하고 목표를 정하면 안 되는 것일까?

계획과 목표는 기대의 반영이다. 자신이 그것을 이루길 기대한 만큼 계획을 하고 목표를 설정한다. 하지만 손 안에 놓고 맘대로 굴릴 수 없는 게 삶이듯 대부분의 계획과 목표는 지켜지지 않는다. 어쩌면 목표를 정하지 않는 것이 기대로 인한 실망이 두려워 나오는 방어기제일 수도 있다.

하지만 직접적 원인이든 아니든 그 방어기제가 실제로 좋은 결과를 가져온다면 앞으로 하는 일에 대한 마음가짐을 다시 생각해 봐야 하는 일이다. 어쩌면 빡빡하게가 아니라 대충 살아도 더 잘될 수 있는 근거인 이 이론의 발견에 모두 귀를 기울여 주시라.

기대 이론은 개인적인 것에서부터 시작한다.

나는 몸에 힘이 많은 사람이다. 여기에서 힘이란 근육에 비례한 힘이 아니다. 의욕적인 부분에서의 힘을 말하는 것이다. 한마디로 욕심이 많은 편이다. 하고 싶은 일도 많고, 잘하고 싶은 일, 또 이루고 싶은 일도 많다.

원래도 이렇게 힘이 있는 상태에서 무언가를 이루려고 '열심히 할 거야! 더 잘하자!'라며 몸에 더 힘을 준다면? 뻣뻣해질 것이다. 그렇게 된다면 모든 행동이 부자연스러워진다. 상대도 없는데 맨주먹을 불끈 움켜쥐고 있는 꼴이 될 것이다. 며칠만 지나면 제풀에 지쳐 그 일을 오래 하기 힘든 상황이 오는 것이다. 나 같은 부류의 사람인 경우엔 어떤 일을 잘하고 싶다면 힘을 주는 것보다 오히려 힘을 빼는 기술이 필요하다.

힘을 빼는 방법 중 하나가 목표를 정하지 않는 것이다. 목표를 정해 놓고 뒤로 가고 싶은 사람은 없을 것이다. 목표를 정한다는 건 앞으로 나아가고 싶다는 거고, 그렇게 되면 당연히 몸과 생각에 힘이 들어가기 마련이다.

실제로 '유명한 작가가 될 거야.'라며 눈에 불을 켜고 노트북 앞에 앉으면 십중팔구 그날은 한 페이지도 못 쓰고 머리만 쥐어뜯게 되지만 아무 생각 없이 앉아 손을 움직이면 어느새 글이 술술 잘 써지는 것을 확인할 때가 많다(지금 이 순간처럼 말이다. 신나 신나!).

또 다른 경우, 정말 분명해 목표를 정하지 않을 수 없는 일이 있을 수도 있다. 예를 들면 합격을 해야 하는 시험과, 올림픽 금메달 같은 것이다. 그럴 땐 목표를 바라보지 않는 방법이 있다. 아주 높은 산이 있다. 그 산의 정상이 목표다. 우리는 그 산의 정상만 보고 간다면 더 힘들다는 것을 이미 알고 있다. 더 나아가 그 목표를 너무 간절하게 바라보게 된다면 바로 앞에 있는 계단을 보지 못하고 걸려 넘어지는 경우까지 오게 된다. 결국 가볍게 한 발 한 발 내딛는 것에 집중하는 것이 가장 쉽고 빠르게 정상을 오를 수 있는 방법이다.

기대하지 않는 것, 목표를 정하지 않는 것은 삶에 대한 최고치를 정해 놓지 않는 것, 곧 내가 이룰 수 있는 한계를 정하지 않는다는 것과 같다. 잘 못 풀릴 경우 기대를 하지 않았으니 실망도 없으니 좋고, 잘 풀릴 경우 내가 상상할 수 있었던 것보다 더 높은 곳에 가 있을 수도 있다는 것이 내가 밀고 있는 기대 이론인 것이다.

　삶에 대한 기대를 저버리지 않는 방법으로 '기대를 버리기로' 했다.

　　방향이 정해졌다면 목표는 아무럼 어때.
　　어차피 생각대로 되는 일 하나 없는 인생,
　　　기대하지 말고 가볍게 살자.

　(기대 이론의 예외로 의욕이 없는 편이라면 오히려 목표를 정하는 방

법이 나을 수도 있다.)

16 실패

∞∞∞ 더 해 봐도 괜찮겠다

어떤 스님이 요즘 청년들이 성공하지 못할까 봐 걱정이 아니라 실패를 경험하지 못할까 봐 걱정이라고 말했다는 댓글을 봤다.

실패가 두려웠다. '떨어지면 어떻게 하지? 이번에도 떨어졌다고 하면 다른 사람들이 나를 어떻게 생각할까….' 시험이 다가오면 어김없이 이런 실패에 대한 불안이 찾아왔다.

그동안 들인 노력과 시간, 자존감을 잃는 게 무섭게만 느껴졌다.

계속되는 불합격. 깨지고 깨지고 또 깨지고를 반복하

며 달라진 건 실패의 정의다.

(구) 김붕어 사전에 등록된 실패가 '돈, 시간, 자존감, 사람 따위를 잃는 것'이었다면 새로 개정된 (신) 사전에는 '잃었지만 또 얻을 수 있는 것. 얻기 위한 과정'이라고 정의했다. 빼앗겼다 생각한 시간에도 얻는 것이 분명히 있었다. 실패에 좌절만 했다면 그것은 불가능했을 것이다. 공부를 그만둔 뒤 여러 가지 문제들을 회복하며 종종 8년간의 시간에 대해 생각했다. '문제가 뭐였을까. 채워야 할 부분은 무엇이고 또 잘할 수 있는 건 뭘까. 내가 진짜 좋아하는 건 뭐지?' 실패 속에서 의미를 찾아 발전할 수 있다면 잃는 것만은 아닐 것이다. 있는 그대로의 나를 알아 가면서부터 다른 사람들에 대해서도 다시 한 번 생각할 수 있었다.

그 오랜 시간 동안 지원해 주고 묵묵히 기다려 준 부모님. 가장 옆에서 방황하는 나를 지켜 준 동생들. 찌질하게 공부하던 시절 노량진까지 찾아와 밥 사 주며 응원해 주던 친구들.

생각해 보니 지금까지 내 옆에 있는 사람들은 '성공한 나, 실패한 나'의 문제가 아니라 그냥 '있는 그대로의 나'

를 바라봐 주는 사람들이었다. 실패의 과정을 지나오면서 그 사람들의 소중함을 뼈저리게 느꼈다.

주변 사람들에게 실패하는 모습을 보여 주기 싫었던 지난날에 비해 깨지는 모습을 봐도 토닥여 주고 때론 놀리기도 하며 옆에 있을 사람들이라는 걸 알았기에 이제는 용기가 생겼다.

"더 실패해 봐도 되겠다!"

눈물에 덮여 당시에는 위로도 되지 않은 "지금 합격하지 못한 건 아무것도 아니다."는 아빠의 말이 어떤 의미인지 조금은 알 것 같다. 앞으로 유튜브를 하면서 또 다른 일을 하면서 이제까지 경험한 것보다 더 심하게 깨지고 힘든 날이 많을 것이다. 그러한 과정이 앞으로 나아가기 위한 것이라면 이제는 자신 있게 부딪쳐 보기로 했다.

최근에 한 예능 프로그램에서 개그맨들이 나왔다. 어떤 개그맨은 대세라고 불리며 하는 개그마다 사람들을 빵빵 터트리는 반면, 다른 한 개그맨은 개그를 칠 때마다 재미도 없고 분위기가 싸해지는 장면이 나왔다. 결국 그

개그맨은 주위 동료들에게 밀려 문 뒤로 쫓겨났다. 잠시 후 그 재미없는 개그맨이 문을 열고 나와서 본인의 개그를 선보이려고 했다. 그렇게 계속 문 뒤로 밀려나고 다시 나와서 개그를 치려고 하는 모습이 결국 사람들의 웃음을 터트렸다. 억지스럽지 않았다. 정확한 기회에 자연스럽게 다시 도전하는 모습을 보며 정말 대단하다고 느꼈다.

성공하는 사람도 멋있지만 이처럼 수없이 실패해도 툭툭 털고 일어나 또 도전하는 사람을 보면 그렇게 멋있어 보일 수가 없다. 우리보다 더 많은 실패를 경험한 사람들이 지금 우리가 보는 성공한 사람들일 것이다. 성공한 사람에게 시기심이 드는 건 그것을 깨닫지 못한 것일 수도 있겠다고 생각했다.

한 번 실패는 영원한 실패가 아니라고 했다.

지금 깨지는 과정이 진짜로 실패였는지 아닌지는 내 삶을 마감하기 5분 전이나 다시 한 번 생각해 볼 일이다.

17 김붕어

아쉽게도 이 책의 끝은 '그럼에도 불구하고 김붕어는 성공했다'라는 식의 행복한 결말이 아니다.

알바든 광고든 뭐라도 하지 않으면 당장의 생계유지가 어렵고, 콘텐츠 고민에 밤잠 못 이루는 날도 많으며, 잘될 것 같다가도 미래에 대해 불안이 훅 덮치기도 한다. 여전히 허우적대고 있는 가운데 달라진 건 매일 아침 몸을 일으킬 때의 기분이다. 눈 뜨는 게 지옥 같았던 게 불과 몇 년 전 일이었다. 이제는 아침에 일어나 할 일이 있는데, 그 일이 내가 하고 싶은 것이다. 매일이 기대되는 삶을 사는 기분. 개인적인 행복의 정의가 또 하나 늘어났다.

세상에 직업이 공무원만 있는 게 아니라는 걸 알면서도 '나는 꼭 경찰이 될 거야. 이게 아니면 안 돼.'라고 생각했었다. 스스로를 가둬 놨던 지난 8년 동안 하고 싶은 일이 참 많았다. 낚시, 클라이밍, 등산, 축구, 스쿼시, 그림 등 여러 가지 취미 활동도 해 보고 싶었고, 전시회, 공연, 여행 등 다양한 장소도 가 보고 싶었고, 사람들도 많이 만나 보고 싶었다. 이 모든 것들을 합격의 뒤로 미뤄 놓고 무엇을 이루려면 지금의 행복은 포기해야 된다고 생각했다. 틀린 말은 아니다. 대단한 성과를 내기 위해서는 그래야 할 것이다. 나는 합격이라는(개인적 기준에서) 대단한 성과를 이루기 위해 그렇게 했었고 결론적으로는 실패했다.

행복도 결과도 갖지 못한 힘들었던 긴 시간을 보내고 나니 내가 어떻게 살고 싶은지에 대해 생각해 보았다.

"하고 싶은 일 다 하고 살아 보자."

어떻게 그렇게 살 수 있냐고?

"유튜브 핑계 삼아!"

시험에 합격하기 위해 공부를 했던 지난 시간 동안 단한 번도 공부를 하고 싶어서 한 적이 없었다. 시험에서 정답으로 쳐줄 답을 기계처럼 외워야 했다. 의문은 사치였다. '해야 하니까' 하는 수동적인 삶, 미래만 바라보며 살았던 날들을 반복하고 싶지 않다. 오늘을 알차게 챙기고 싶다. '왜'라는 질문을 수십 번 던져도 좋을 공부는 평생 하고 싶다. 영상을 만들어야 한다는 좋은 핑곗거리가 있으니 그동안 하고 싶었던 일들을 유튜브 핑계 삼아 다해 보고 싶다.

앞으로는 헤엄칠 일만 남았다. 더 넓은 바다로 나갈 것이다. 세상일이 뜻대로 되지 않는다고 예전처럼 드러누워 또다시 깊은 바다 속으로 빠져들어 가지 않도록 오리발 정도는 마련해 놓았으니 맘껏 부딪치며 헤엄쳐 볼 생각이다. 그곳은 무척이나 험하고 걸리적거리는 해파리들도 많겠지만 더 많은 것을 보고 느낄 수 있다면 충분히 헤엄쳐 볼 만한 일이 아닐까?

다시 만나길 바라요

'편하게 써야 한다.'

너무 잘 쓰려고 하면 내 수준에 맞지 않은 과한 문장이 나오게 되고 남들이 읽기에도 부자연스러운 글이 된다. 담담하게 지금의 그릇에 맞는 글을 쓰자.

나중에 실력이 쌓이고 그때 또 지금의 마음가짐으로 글을 쓰면 더 좋은 글이 나오겠지 하고 생각하면서도 자꾸 욕심이 들어가는 저를 발견할 수 있었습니다.

기대 이론에 입각하자면 이 책에는 저의 기대가 들어가 있어서 많이 안 팔릴지도 모른다는 생각을 하니 좀 슬퍼지려고 하네요.

글을 쓰기 시작하면서 내일은 조금 더 힘을 빼고 써 보자고 다짐하며 이렇게 에필로그까지 오게 되었는데요.

어쩌면 이 책이 저에겐 힘을 빼는 기술을 터득하는 연습장이었을지도 모르겠습니다.

무엇보다 이 책을 쓰면서 알게 된 것은 글 쓰는 것이 어렵고 힘들면서도 무척이나 재미있다는 사실입니다. 글 쓰는 재미가 무엇인지 알 수 있었다는 것만으로도 개인적으로는 충분히 의미 있는 일이었다고 생각하는데요. 에필로그까지 온 독자 분들은 이 책을 어떻게 읽으셨을지 궁금해집니다.

저의 경험이 기간이 좀 길었다 뿐이지 누구나 이런 방황의 시간을 마주하며 살아가겠죠. 아쉬움을 생각하면 끝도 없지만 한편으로는 지난 8년의 시간이 저에게는 꼭 필요했다고 생각해요. 그 시간이 없었다면 지금 이렇게 글을 쓰지도, 영상을 만들지도 못했겠죠. 둘 다 좋아하는 일이라 가끔은 "합격했으면 어쩔 뻔했어~"라며 혼자 너스레를 떨기도 합니다.

만약 지금 어려운 시간을 보내고 있는 분이 있다면 스

스로를 몰아쳐 그 시기를 더 힘들게 보내지 않았으면 좋겠습니다.

하고 싶은 일 없고, 세상이 싫고, 나만 외롭다고 느껴질 땐 이 책을 가까이에 두세요. 이름도 얼굴도 모르지만 책을 읽어 줄 누군가가 있을 거라고 생각하니 무척이나 든든한 것처럼, 여러분도 이 책을 보며 '혼자가 아니었지.'라고 생각했으면 좋겠습니다. 함께의 힘은 꽤나 크다고 믿습니다.

자신만의 방법으로 해파리들을 물리치며 앞으로 나아가세요. 저도 꾸준히 영상 만들고 종종 이렇게 글도 쓰면서 여러분에게 다가가겠습니다.

다음에도 또 책을 쓰게 된다면 지금보다 나은 글로 다시 뵐 수 있길 희망하며.

각자의 바다에서 헤엄치고 있는 저와 같은 청춘들에게 이 책을 바칩니다.

2021 여름, 김붕어